DAS TREVAS AO FOGO DIVINO

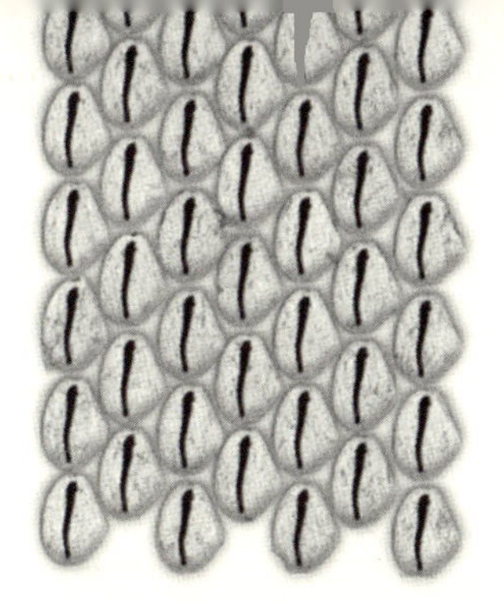

MARCIO HENRIQUES

DAS TREVAS AO FOGO DIVINO

Sob supervisão e guarda dos exus
Tranca-Ruas das Almas
e Capa Preta

Rio de Janeiro | 2022

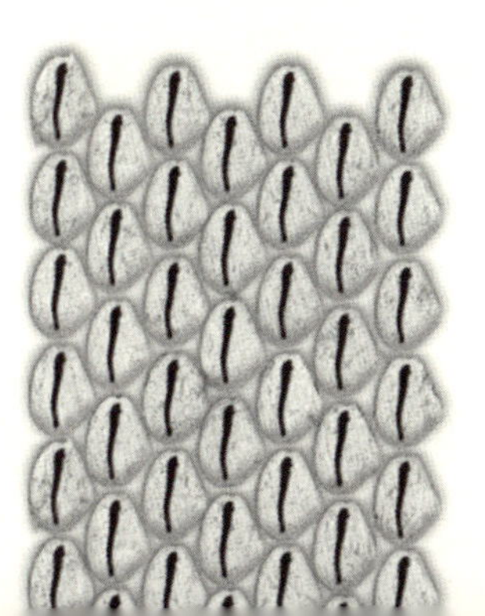

Coordenação Editorial Aline Martins
Preparação Letícia Côrtes
Revisão Editora Aruanda
Design editorial Sem Serifa
Imagens de capa e miolo Luang Senegambia Dacach
Impressão Editora Vozes

Texto de acordo com as normas do Novo
Acordo Ortográfico da Língua Portuguesa
(Decreto Legislativo nº 54, de 1995)

Dados Internacionais de Catalogação na Publicação (CIP)
de acordo com ISBD
Bibliotecário Vagner Rodolfo da Silva CRB-8/9410

H519t Henriques, Marcio
Das trevas ao fogo divino / Marcio Henriques.
– Rio de Janeiro, RJ: Aruanda Livros, 2022.
160 p. ; 13,5 cm x 20,8 cm.

ISBN 978-65-87426-26-6

1. Religiões africanas. 2. Umbanda. 3. Ficção religiosa. 4. Psicografia. I. Título.

CDD 299.6
2022-3483 CDD 299.6

Índice para catálogo sistemático:

1. Religiões africanas 299.6
2. Religiões africanas 299.6

[2022]
IMPRESSO NO BRASIL
https://editoraaruanda.com.br
contato@editoraaruanda.com.br

Dedico este livro a minha mãe, Marcia Henriques, que me mostrou o caminho da espiritualidade e do amor à terra e suas energias vivas; e a minha avó, Mirian Gomes, que dedicou toda a sua existência à família, tendo sido, até o último dia nesta terra, minha pedra fundamental e amor maior.

NOTA DO AUTOR

Este livro foi ditado e inspirado por um irmão em desequilíbrio que buscava a compreensão dele mesmo e de suas ações e, talvez, a redenção perante a Lei Maior e a Justiça Divina. As impressões e os pensamentos sobre este mundo e sobre a realidade no mundo espiritual em que ele transita durante a história são dele; não são meus nem serão os de nenhum outro ser encarnado, pois, apesar de ações semelhantes levarem a consequências parecidas, cada trajetória é única.

A este irmão foi dada a permissão de nos contar sua história. Porém, como ainda estava bastante desequilibrado energeticamente quando começamos a trajetória, teve como condição falar sob a supervisão do senhor Tranca-Ruas das Almas e do senhor Capa Preta. A eles, agradeço a proteção e a sustentação nos trabalhos e por servirem, no mais puro ato de amor e caridade, como direcionadores e ordenadores de todo o caminho trilhado.

Que a Lei Maior sempre nos ampare!

Marcio Henriques

DAS TR

FOGO

VAS AO
DIVINO

DAS TREVAS AO FOGO DIVINO

SOBRE A EVOLUÇÃO DO ESPÍRITO HUMANO

PRÓLOGO

Cada filho que encarna nesta Terra o faz por um motivo. Nada é sem razão. Por mais que, muitas vezes, vocês encarem a vida como cheia de "coincidências", na realidade, cada acontecimento, seja ele grandioso ou cotidiano, é fruto de uma lei universal chamada Lei de Causa e Consequência.

Durante suas muitas passagens por esta Terra, os filhos acumulam conhecimentos e virtudes, mas também acumulam desequilíbrios que precisam ser reparados. Assim, cada filho encarna no lugar certo, na família certa, na cidade certa e no tempo certo para que tenha a oportunidade de neutralizar qualquer tipo de ação que tenha ocorrido ou de sentimento negativo que tenha tido em uma existência anterior.

Então, filhos, que a história desse moço seja exemplo para quem parar um pouquinho para lê-la. Não reclamem do tempo em que nasceram, da família que vocês mesmos escolheram, das pessoas que vêm e vão de seu convívio através dos anos ou do lugar e da situação financeira da vida que vocês vivem agora. Troquem a reclamação por trabalho e consciência. Trabalhem por vocês, trabalhem para aceitar e para evoluir. Trabalhem para ajudar qualquer um que perpasse a jornada de vocês. Muitas vezes, esse amor ao próximo do qual tanto se fala e que foi ensinado por nosso Mestre, pode ser traduzido em um sorriso, filhos, em um abraço ou em um bilhete perguntando "como você está?".

E nunca se esqueçam: sempre estendam a mão para aqueles que passam por suas vidas. Ademais, cuidado para não se prejudicarem durante o processo — muitas vezes, os filhos tentam ajudar alguém e acabam se atrasando — e para não causarem sentimentos ou pensamentos negativos em um irmão. Não sejam pedra de tropeço na vida de ninguém, filhos, principalmente na vida de vocês. Cada um já tem seus desafios a superar, não criem mais um. Cada encarnação é uma oportunidade, mas também uma responsabilidade. Aproveitem cada minuto.

Portanto, para esse nego não se demorar com as palavras, vamos resumir: a evolução do espírito depende do que você faz para tornar sua caminhada e a caminhada de seus irmãos mais harmoniosas. Preocupar-se com quem você, um parente, um amigo ou um companheiro foi em outra vinda a esta Terra se torna inútil quando você compreende que deve fazer o melhor sempre, todos os dias, independentemente de quem foi no passado. Isso é evoluir: fazer o melhor sempre. Não seria evolução se vocês já soubessem o que passaram, não é? Seria interesse! Ou você amaria porque já amou antes ou buscaria reparação e vingança se um dia tivesse sido prejudicado. Evoluir, filhos, é amar, independentemente do que aconteceu. Evoluir é acordar todos os dias quando o sol aparece lá no horizonte e agradecer ao Criador por mais uma oportunidade de ser uma nova e melhor versão de si mesmo.

Pai Joaquim de Angola

DAS TREVAS AO FOGO DIVINO

REALIDADE UMBRALINA

NO INÍCIO

Som de tiros, barulho de sirenes, gritos de pavor. Caído no chão sujo e frio, tento me levantar. Sinto a dor dos tiros entrando em minha carne cinza e molhada. Tombo mais uma vez e tudo se apaga. Uma morte é como muitas mortes.

Acordo com chutes e coronhadas. Sinto mais dor. Aqueles tantos que matei querem vingança, vingança por toda a eternidade. Homens sangrando por perfurações feitas por projéteis, meninas sangrando por machucados causados pelas violências às quais foram submetidas, como objetos sem valor. Sangue por todos os lados, raiva acumulada por toda a parte. Eles não se cansam; repetem as mesmas palavras de ódio e juras de vingança; mas, de suas bocas, também saem vômito e uma densa espuma branca, característica das overdoses que sofreram.

Tudo se apaga mais uma vez. Acordo com sede. Bebo da lama — não há água; só posso beber do lodo imundo e fétido desse lugar. As sirenes e o som das armas voltam, vejo vultos passando por vielas às gargalhadas. Eles parecem se divertir com o desespero. Vejo outros desesperados, feridos, correndo pelas ruas daquele lugar imundo. Vejo projéteis entrando em suas cabeças e eles caindo ao chão. Só não os vejo morrer, continuam vivos em suas mortes. Arrasto-me, tentando chegar a um local protegido. A dor volta, tiros e mais tiros que me causam uma agonia terrível. Recebo tantos quanto os que disparei. Recebo tanta dor quanto a que causei. Tudo é cíclico. Se alguém acha que a dor acaba após a morte, se acha que o sofrimento tem fim com o último suspiro, está completamente enganado.

Meu rosto está no chão. Em desespero, acho que consigo pensar por um segundo: "Por quê, Deus?". Um círculo de fogo se abre à minha frente e dois homens altos com roupas escuras saem dele. Vejo tudo embaçado, sem definição.

— É esse — afirma um deles.

— Vamos levá-lo e ver se ele quer mesmo saber o porquê. Perguntar é fácil; encarar as próprias trevas é bem diferente. Veremos se, dessa vez, ele aprendeu.

• • •

Acordei em um lugar silencioso. Nas paredes negras, havia símbolos indecifráveis desenhados por todos os lados em vermelho sangue. Velas vermelhas e pretas iluminavam o local. Minha visão foi aos poucos se restabelecendo. Naquele momento, sentimentos de ódio e de vingança ainda eram tão fortes que sequer pude perceber que, de fato, havia recebido a ajuda que desejei no mais fugaz pensamento. Os sentimentos negativos eram tão fortes que me vi amarrado a uma cadeira em frente a uma mesa com um castiçal ao centro. Do outro lado da mesa, estava um dos homens grandes e fortes que havia saído do portal e me tirado daquele local imundo. Sem camisa, usava uma longa capa; e era possível ver o quanto era musculoso. A cartola do homem descansava sobre a mesa e seus cabelos negros estavam penteados para trás. Tragava um charuto e, na outra mão, segurava um pesado tridente. Ele me olhou no fundo dos olhos, baforou a fumaça do charuto sobre mim e falou:

— Quer voltar para lá agora mesmo?

— Claro que não! — respondi. — Mas saí do inferno para ser seu prisioneiro?

Ele gargalhou. A sede de vingança, a vontade de matar e os sentimentos odiosos eram tudo o que eu tinha naquele momento.

— Meu prisioneiro? Não faço prisioneiros. Não me dou a esse trabalho. Você é prisioneiro, sim, mas de seus vícios, desequilíbrios e desvirtudes.

— Então, por que estou preso a esta cadeira?

— Porque essa é a situação que sua consciência lhe permite estar. Muito ódio emana de você. É a melhor condição para você neste momento.

— Por que me trouxe aqui? Onde está o outro? Eram dois!

— Você entenderá o motivo pelo qual foi temporariamente retirado de lá. Se vai voltar, não depende de mim; tampouco de meu companheiro que, no momento, faz a guarda deste local. Descanse, logo terá trabalho pela frente e saberá por que ganhou um "passe livre". Você poderá aproveitá-lo, e finalmente caminhar rumo à evolução, ou jogá-lo fora, retornar para aquele buraco energético de onde saiu e continuar descendo esferas negativas. Vocês sempre terão o livre-arbítrio.

Ele pegou um copo e tomou um gole do que havia nele; o cheiro era de bebida forte e de boa qualidade — sim, eu reconheço o cheiro de um bom uísque. Naquele momento, eu me perguntava quem era aquele homem que bebia uísque e fumava charuto enquanto eu bebia a água pútrida do chão. Como queria um pouco daquela bebida! Como ansiava por um trago naquele charuto! Durante minha última encarnação, eu havia sido, além de traficante, um viciado, e me privar dos prazeres não fazia parte de meus planos, mesmo depois de morto. Sim, eu tinha consciência de que estava morto e de que agora era um prisioneiro em algum lugar do inferno.

Então, ele pareceu ler meus pensamentos:

— Mérito, meu caro. Mérito e trabalho.

Eu não entendia esses conceitos e tentei me mexer na cadeira para me levantar e protestar contra aquela injustiça que só poderia ser mais uma das muitas a que "Deus" havia me submetido. Debater-me, porém, foi em vão. Meus braços e pernas, apesar de não estarem atados por qualquer tipo de corda, algema ou contenção, não se moviam.

— É assim que afirma que não sou prisioneiro? Seu feitiço me mantém imóvel! — O homem andava em frente à mesa. — Não consigo nem me mexer!

Ele bateu o tridente no chão e o lugar pareceu estremecer.

— Não faço prisioneiros! — vociferou. — E não repetirei isso. Você é prisioneiro de si mesmo. Agora, se quiser continuar aqui, se realmente quiser manter a cabeça sobre os ombros, faça o que eu disse: aguarde e descanse nessa cadeira, que logo será levado para falar.

— Falar?! Então, trata-se de mais um interrogatório? Você é uma espécie de policial neste lugar?

— Interrogatório, não; oportunidade. E, quanto a ser policial, o termo "guardião" é mais adequado.

Mais uma gargalhada ecoou. A porta se abriu e o outro homem, totalmente coberto por uma capa preta e portando uma longa adaga na cintura, entrou no recinto. Sem dar uma palavra, caminhou em minha direção e tocou minha testa. Foi como se um choque elétrico percorresse todo o meu corpo. Tudo ficou escuro. Senti raiva e medo. Do meu ponto de vista, havia sido capturado e, agora, era refém daqueles dois.

Das Trevas ao Fogo Divino

Rio de Janeiro

Dias atuais

POR DETERMINAÇÃO DA LEI MAIOR E DA JUSTIÇA DIVINA:

Ao médium que transcreverá esta história,

Nosso irmão será trazido até você contido por dois guardiões. Por ora, eles não se identificarão por seus nomes sagrados. Tampouco o irmão em desequilíbrio poderá, de qualquer forma, trazer informações que possam levar a qualquer identificação de quem foi na última encarnação. Quem ele foi não importa mais. Importa a mensagem que será transmitida aos filhos nesta Terra; que eles saibam o que os desequilíbrios permitidos durante suas inúmeras existências provocam na realidade pós-vida. Sobretudo, importante é a lição sobre a atuação da Lei Maior e sobre a Benignidade Divina, que permitem, até ao mais desequilibrado e odioso dos espíritos, depuração, decantação e evolução, se assim for de sua vontade e merecimento. Portanto, fica assim definido: quem ele é, por determinação da Lei, não importa. Importa entender que o relato dele é consequência de todos os desequilíbrios aos quais ele se permitiu em vida, e entender as consequências desses desequilíbrios após o desencarne. Continuaremos.

• • •

Vi-me em um quarto, de frente para um homem que, de cabeça baixa, parecia escrever. Não conseguia ver o rosto dele. Estava tudo escuro, somente uma vela emanava luz na direção do rapaz.

— Que diabos estou fazendo aqui? — falei com muita raiva e surpresa.

O cheiro na sala mudou, a atmosfera mudou. Só posso descrever o cheiro como uma mistura de álcool de péssima qualidade, maconha, comida estragada e excrementos humanos. Na verdade, era o cheiro de toda uma vida. Era o odor das energias que eu havia acumulado em meu períspirito durante minha encarnação.

— Trouxemos você para que fale. Encare como uma oportunidade — disse um dos guardiões que estavam ao meu lado. Eu usava uns trapos sujos, estava magro como nunca e ainda sentia a dor dos muitos ferimentos. — É uma chance para que, falando sobre seus atos, você tome consciência de tudo o que vem fazendo e tente se redimir ante a Lei e a si mesmo.

— Você acha mesmo que EU não tenho mais o que fazer? Tenho minhas vinganças a concluir e meus viciados a alimentar! Eles, sim, me fazem bem. Preciso ir até lá, ao pé do ouvido de cada um, sussurrar para que usem mais dos bagulhos que me satisfazem. Eles gostam! No fundo, estão loucos para destruir a própria encarnação. Preciso voltar logo para a atividade, antes que me joguem outra vez naquela cela imunda com aquele bando de malditos! Cada carreira de pó que eles cheiram me traz a energia que preciso para me vingar de quem me colocou naquele buraco. Deixem-me voltar! Tenho negócios a concluir!

Naquele momento, o segundo guardião que me acompanhava se pronunciou:

— Não mais! Seu ciclo de ódio, vingança e vício está paralisado conforme os desígnios da Lei. Agora, está sob encaminhamento da Lei e, como disse meu irmão, encare como uma oportunidade. Pode ser a última!

O guardião deu uma gargalhada que ressoou pelo quarto.

Sentia que aqueles dois não me permitiriam sair dali, tampouco fazer algum mal ao escritor que, a meus olhos, permanecia imóvel.

Por um momento, o silêncio se fez, e o rapaz, que até então escrevia de cabeça baixa, olhou em nossa direção. Senti que ele podia nos vislumbrar entre as sombras. Viu a cena que se passava à sua frente e, não sei por qual motivo, não se aterrorizou. Eram dois homens altos, com punhais na cintura, trajando longos mantos negros e um grande capuz de fundo roxo cobrindo o rosto. Um ainda portava uma adaga longa e o outro, um grande tridente, tão alto quanto ele mesmo. Eu estava entre eles: um homem sujo, molhado, pálido, sem camisa, muito magro e com tom de pele que era difícil de identificar por baixo de tanta lama. Meus cabelos, também molhados e sujos, caíam sobre a face, e meus dentes eram apenas cacos amarelados. Cada uma de minhas mãos estava presa a um dos guardiões por uma faixa de energia roxa, quase uma luz negra. Essa energia me mantinha de joelhos e eu quase não conseguia olhar na direção deles. Os guardiões, por sua vez, eram muito diretos, firmes e se mantinham praticamente imóveis, como duas sentinelas muito bem treinadas.

— Por que devo falar a esse daí? Não é nenhum santo! — falei, rindo. — Ou acham que não sinto daqui o cheiro de cada uma das desvirtudes e desequilíbrios dele?

— É a ele que deve fazer sua narrativa — disse um dos homens que me acompanhava. — Os desequilíbrios do médium encarnado não lhe dizem respeito. Ou começa a contar sua história para que sirva de lição a tantos outros ou o levaremos de volta. E, então, a conversa não será mais com o encarnado, mas com seu guia-regente. Prefere dar satisfação diretamente ao senhor Ogum Beira-Mar?

Eu não sabia o que aquele nome queria dizer exatamente, mas senti pavor. Pavor e ódio.

— Se é de meu relato que precisam, se é isso que tanto querem, vamos logo às palavras. Assim, poderei voltar a fazer o que preciso para me satisfazer. Deixar de ser prisioneiro de vocês e voltar para minha boca, onde aqueles viciados me satisfazem enquanto se destroem.

A luz roxa se intensificou. Todos os sentimentos odiosos que emanavam de mim foram paralisados e o guardião que segurava o tridente ordenou:

— Comece!

DAS TREVAS AO FOGO DIVINO

FAVELAS CARIOCAS

FINAL DOS ANOS 1990

Crescer e viver entre os mais excluídos da sociedade fez de mim o que sou neste momento. É isso que vocês parecem não entender. Foi a sociedade que me fez assim. Família? Não tive esse luxo. Educação? Às chances que tive, não dei importância — afinal, de que servia um papel emitido por uma escola em meu mundo? Conforme fui crescendo, percebi que podia conseguir facilmente tudo o que precisava. Pequenos furtos, roubos maiores, tráfico... me traziam poder, dinheiro, drogas, mulheres e o prazer que elas me proporcionavam — muitas vezes, em troca de entorpecentes.

Não demorou muito para que eu construísse meu pequeno império. Aos homens leais a mim, em troca, eu proporcionava status e algumas migalhas dos prazeres que eu mesmo tinha. Afinal, drogas, mulheres e dinheiro sempre foram grandes recompensas. Porém, estou certo de que o status era o maior prêmio que eu poderia oferecer: todos queriam ser alguém naquele mundo, e uma arma na cintura era tudo de que precisavam para atrair, na direção deles, medo, respeito e até admiração por parte de alguns. O decorrer dessa história dirá mais sobre isso.

Meu pequeno império, porém, deixou de ser o bastante. Precisava de novos territórios para expandir minhas vendas e de mais viciados em busca de drogas noite e dia, sem se importar com nada. Assim, eu teria acesso a mais dinheiro, drogas, mulheres, status e prazer. Era em torno disso que girava minha encarnação, e é em torno disso e de minhas vinganças que gira minha atual condição. A busca por esses prazeres é incessante e é por meio de meus viciadinhos — dos quais cuido muito bem — que consigo sentir uma parcela do prazer que sentia quando ainda possuía um corpo físico... e não esse resto cheio de buracos de bala e facadas que não param de sangrar e apodrecer. É a dor dos tiros e das facadas que não me deixa esquecer de quem preciso me vingar. E é a busca por mais drogas que me move em direção àqueles que comigo agonizam no vício. Eles têm o empurrãozinho de que precisam por intermédio de minha influência, e eu tenho a parcela de prazer e de energia que consigo pegar. No que depender de mim, a vida de cada um será um inferno.

Mas vamos continuar, já que desejam tanto o meu relato. Precisava expandir meu pequeno império e tinha um plano para isso. Comecei a promover festas, bailes. É claro que o intuito era aumentar as vendas, mas, naquele momento, valia de tudo, desde que eu tivesse lucro. Passei a dominar o local com mão de ferro. A polícia era bem paga para não interferir e qualquer um que entrasse em meu caminho conheceria a morte mais cedo. Para mim, era um prazer matar, e matar aos poucos. Levei vários à loucura antes da morte; ficaram loucos de tanto sofrimento. Agora, sinto neste resto de corpo espiritual cada pequeno pedaço de dor que causei. Vendia meus bagulhos a quem quisesse comprar: homens, mulheres, jovens, velhos, crianças... tanto fazia. Precisava de dinheiro para expandir meu negócio e, assim, aumentar meu poder. O que cada um daqueles viciados fazia da própria vida não me interessava. Se deixavam de comprar comida para casa e compravam cocaína, não era problema meu; se largavam os filhos de lado para curtir a onda, também não era problema meu; se deixavam de estudar ou de trabalhar para ficarem chapados, pouco me importava; se estavam se suicidando aos poucos e acabando com a própria existência, também não queria saber. Contanto que o dinheiro entrasse, por mim, estava tudo fluindo bem.

Meu plano não demorou a dar resultado. Quanto mais pessoas visitavam a comunidade em busca de diversão e prazer, mais eu vendia e mais o lugar dependia de minhas regras e de minhas drogas. Quanto mais viciados eu aglomerava ali, mais poderoso e rico eu ficava. Quanto mais inimigos eu matava e mandava queimar, mais medo eu causava. Em breve, usaria o poder e a riqueza para tentar ir mais longe. A cobiça, o ego e a sede de poder não enxergam perigos ou limites. Vocês, encarnados, sabem bem disso. Dedicam grande parte da vida ao ego e à cobiça; de uma forma ou de outra, sempre estão agradando a si mesmos, sem pensar em ninguém.

Todo o dinheiro seria usado no plano. Compraria mais armas, aumentaria meu exército — pequeno, até então — e subornaria os policiais necessários. Os negócios iam bem, tão bem que passei a aceitar pagamentos em outras "moedas". Por meus produtos, não me importava em receber um belo carro, uma moto roubada ou os prazeres sexuais oferecidos por mulheres desesperadas por drogas — essas eram muitas. Eu as usava e lhes dava as drogas que tanto queriam, até que não tivessem mais utilidade. Se ainda existia naqueles seres alguma dignidade, era esse resto de decência que eu os ajudava a perder.

• • •

Naquele momento, o quiumba não conseguiu conter um sorriso. Mesmo sentindo a dor da putrefação, das facadas, dos tiros e de todo o sofrimento, aquelas lembranças ainda o faziam se sentir poderoso.

— Acha engraçado? — perguntou o guardião.

— Acho! — respondeu com firmeza. — Nunca fui à casa de nenhum deles oferecer meu produto, jamais ameacei nenhum deles para que enchessem as narinas e os pulmões de cocaína. Cada um buscava o alívio às próprias dores, eu só facilitava as coisas. E, como tudo, havia um preço. É por isso que continuo lá, cheirando com eles. Facilitei para eles um dia. Agora, eles me devem isso! Eu vou usar cada grama de pó que eu puder influenciar esses encarnados idiotas a usarem também. Estarei ali, ao lado deles, cheirando junto — concluiu, gargalhando.

De repente, tudo mudou. O espírito voltou a sentir medo. Levou a mão ao peito, um buraco começou a sangrar e todos os outros em seguida. No rosto, havia, pelo menos, três. Era impossível contar os tiros. No mesmo instante, pude ver as vísceras dele saindo por um corte na barriga. O quiumba começou a olhar assustado para os guardiões, questionando-os mentalmente sobre o que estava acontecendo.

— Você voltou ao momento de sua passagem. Os pensamentos odiosos e a falta de uma busca por equilíbrio o trouxeram até aqui. Traremos você novamente assim que estiver apto a falar mais. Enquanto isso, médium, aguarde. Ainda tem muito a escrever.

Bateram as armas no chão e, de repente, desapareceram. Já era início da manhã.

• • •

Algum tempo se passou até que eu pudesse sentir novamente a presença dos dois guardiões e do irmão em desequilíbrio. O cheiro de charuto era inconfundível.

— Trouxemos o quiumba de volta — disse o guardião. — Ainda está um tanto quanto delirante. Neste momento, os desequilíbrios da última encarnação ainda estão muito presentes. O rancor, a raiva, o vício e a falta de consciência de que causou ações negativas a si mesmo e ao próximo dificultam a decantação das dores. Falar é uma chance para que ele mesmo se conscientize e para que, por meio dessas linhas que você escreve, conheça o resultado de uma encarnação de vício e ódio. Tivemos de buscá-lo em realidades umbralinas densas e profundas, onde todo o sofrimento que causou lhe é retribuído, segundo os desígnios da Lei Maior.

— Parem de falar de mim como se eu não estivesse aqui — disse entredentes. — Vocês me tiraram daquela cela imunda para me trazer aqui de volta e continuar a falar como se isso fosse uma dádiva para mim... é apenas mais um interrogatório... já passei por muitos. Nunca abaixei a cabeça e não é agora que vou baixar. Qual é o acordo para quando eu terminar de contar? Volto para a cela imunda? Quero voltar para a boca. Quero voltar para a casa daqueles viciados. Temos um trato?

— Não existe trato aqui — respondeu o guardião —, somente a Lei. Ao final de seu relato, será encaminhado para onde a Lei Maior definir. O que vai ser de você daqui para a frente depende muito do quanto você aproveitará esta chance de compreensão e redenção.

— Então, qual é a minha vantagem? O que ganho contando minha história?

— Ganha a chance de se compreender e, quem sabe, de decantar parte desses desequilíbrios. Além do mais, é melhor estar aqui do que onde tem ficado. Minha paciência acabou! Não estou aqui para conversar ou negociar com você. Já disse, não há trato, há a Lei. Continue seu relato. Agora!

• • •

Juntei todo o dinheiro que podia. Comecei comprando mais armas e, depois, trouxe mais homens. Expulsava moradores de suas casas, matava quem fosse necessário e enterrava dentro da casa onde morava. Enterrei gente em quintais, sob o piso do banheiro e até em paredes para dar lugar aos meus "meninos". As casas serviam de abrigo para meus traficantes e de depósito para nosso material. As vendas só aumentavam, a polícia continuava bem-paga para não interferir. Quando julguei que os homens, as armas e o dinheiro eram suficientes, resolvi fazer minha investida. Havia uma comunidade maior, dominada por outra facção criminosa. Era essa a que eu queria — já tinha meu homem de confiança para me colocar lá dentro. Sabia onde eles ficavam, onde guardavam as drogas, onde eram os pontos de venda... "tava tudo dado". Como disse, tinha comprado os policiais certos e eles tinham me repassado as informações.

Na noite anterior, porém, fizemos uma festa. Pó, erva, álcool, meninas de treze, catorze, dezesseis... todas lá, trocando favores sexuais dentro de um barraco na favela com dois, três ou até mais homens de uma só vez, tudo por um punhado de drogas e uns copos de bebida. Havia mais homens que meninas, mas elas estavam tão obcecadas pela droga, eram tão viciadas, que não fazia diferença se estavam sendo usadas por um homem ou por todos eles. E isso podia causar "acidentes".

Acordamos todos satisfeitos, menos uma infeliz que não acordou. Estava morta — por overdose, eu acho. Não me preocupei com aquilo, precisava apenas sumir com o corpo. Era apenas mais um corpo de uma menina viciada.

• • •

— É de mim que está falando, maldito?

Pude avistar uma jovem de longos cabelos pretos, que lhe caíam pela face, tom de pele cadavérico e roupa rasgada, como se tivesse sido violentada. Ela olhava para o quiumba com ódio e trazia no rosto uma mistura de nojo e arrependimento. Atrás dela, com a mão no ombro da jovem, uma guardiã, que vestia um manto negro com capuz, como os outros. Pelo lado direito do capuz, escapava um lindo cabelo negro e ondulado. As vestes da guardiã eram ornadas com símbolos mágicos bordados em carmim e dourado. Sua postura com a jovem, porém, era muito mais branda que a dos guardiões com o irmão que me narrava a história. Parecia guiá-la.

Com uma voz muito suave, ela disse à menina:

— Lembre-se de suas escolhas; olhe para o estado dele agora e para o seu. Veja o que escolhas ruins acarretam. Entenda que ele foi ferramenta e que está pagando por isso. Compreenda também que você usou seu livre-arbítrio quando aceitou o convite para a tal festa. Sabia que havia riscos, mas cedeu ao vício. Exercite o autoperdão e confie na Lei Maior. Em breve, se conseguir transmutar todo esse ódio, voltará para a Luz.

A menina olhou mais uma vez para o quiumba. Em seguida, olhou para trás, na direção da guardiã, e balançou positivamente a cabeça.

A guardiã agradeceu a oportunidade aos irmãos, me cumprimentou brevemente com a cabeça e, com o indicador esquerdo — que notei ser apenas um osso —, abriu um portal por onde ela e a menina passaram, desaparecendo.

— Não sabia que ela podia se lembrar de mim depois de morta — comentou surpreso e, mais uma vez, amedrontado.

Todo o ódio acumulado daqueles a quem fez mal recaíam sobre o corpo espiritual, cada vez mais destruído, do quiumba.

— Não só ela, mas todos aqueles que você matou ou que, de alguma forma, levou à morte — enfatizou o guardião. — Está começando a entender que cada uma de suas ações trouxe consequências tanto para sua vida quanto para o pós-

-vida? Percebe a gravidade de tudo o que fez? Compreende o quanto ainda deve à Lei Maior e à Justiça Divina? Agora, o médium precisa descansar. Você continua depois, contando como, em busca de poder, entrou naquela comunidade, matando homens, mulheres e crianças, e como isso o levou ao fundo do poço. Queremos ouvir com suas palavras.

Depois, olhando para mim, completou:

— Voltaremos em breve. Enquanto isso, médium, o velho vai ajudá-lo a se recuperar; sabemos quanto de sua energia tem sido usada no processo. Descanse. Levaremos este espírito para o devido lugar. Sempre o traremos em segurança. Tente se manter firme e não fique impressionado com a história. Entenda: a humanidade ainda é capaz de muita coisa. Salve! Até logo!

As palavras do guardião me trouxeram tranquilidade e confiança para continuar recebendo, noite após noite, as mensagens de nosso irmão. A essa altura, ele já falava sem rodeios.

• • •

Algumas noites depois, já me sentia melhor e eles retornaram.

— Vocês romantizam o que acontece nas favelas. Acham que vender drogas é o nosso principal objetivo. Não, não é. É o domínio! Vendemos drogas para conseguir dinheiro; e conseguimos dinheiro para ter armas e poder. Nós matamos por isso, e matamos de muitas formas! Matamos com tiros, mas também matamos a dignidade, a liberdade e, muitas vezes, a humanidade dentro daqueles vermes viciados. Por quê? Porque nos interessa vender e a eles interessa fugir de quem realmente são. Portanto, antes que eu conte qualquer coisa a respeito da noite em que fomos à tomada do novo território, quero que vocês compreendam: não se trata apenas da venda de drogas, mas de obter poder para dominar vidas. Sem qualquer preocupação com as consequências... sequer sabíamos que existiam consequências. Você endendeu, agora?

— Um pouco de entendimento — disse o guardião que trazia o tridente.

— Eu sempre soube o que era poder — rebateu o quiumba —, mas o Deus de vocês me fez nascer em condições em que faltavam oportunidades. Não tive muitas escolhas. Eu dominava ou era dominado. Era leão ou era presa.

— Então, acha que foi Deus quem escolheu a situação social em que encarnou? — falou o guardião em tom de deboche. — Acho que é chegada a hora de você entender algumas coisas.

Ambos os guardiões bateram as armas no chão. Os olhos do quiumba se reviraram e o corpo dele se tencionou para trás. Ele se ajoelhou e, com uma voz mais calma do que nunca, de olhos fechados, narrou:

DAS TREVAS AO FOGO DIVINO

LONDRES

1785

Nobreza. Sinto o cheiro da grama fresca recebendo os raios de sol da primavera inglesa, ouço os sons do jardim e vejo muitas flores. Sou apenas uma criança. Passo correndo pelo jardineiro, que sorri para mim. Sou o pequeno filho do duque. Cresci nesta mansão; filho de um nobre, nunca tive de me preocupar com o dissabor do trabalho duro. Muitos eram os livros que compunham a imensa biblioteca de meu pai. Na verdade, nunca li nenhum por completo. Conforme crescia e me tornava um belo e rico rapaz londrino, percebia que minha posição social, herdada sem qualquer esforço, favorecia-me de muitas formas. Vivíamos em uma época iluminada, as trevas da Idade Média haviam ficado para trás e a Inglaterra dominava os mares. Éramos a nação mais poderosa da Terra.

Nos galantes bailes da corte, não havia dama que me recusasse a dança e, se porventura, não estivesse satisfeito com o que havia no salão principal, se a "carne nobre" não me satisfizesse, sempre havia belas camponesas na cozinha prontas a servir "milorde".

Meu pai faleceu quando eu estava com vinte e três anos. Apesar de jovem, já era considerado um homem feito para a época. Deveria cuidar da família, dos bens, de nossa reputação e servir à Coroa Inglesa, mas essas não eram, nem de longe, minhas prioridades. Eu sabia que o dinheiro jamais acabaria e, com ele, sempre teria todos os benefícios aos quais estava acostumado. A noite de Londres me chamava.

• • •

O quiumba havia mudado a fala e a expressão.

— Ele está usando um linguajar mais rebuscado agora? — questionei os guardiões sobre o que estava acontecendo.

— Ele está revivendo as memórias de uma encarnação anterior. O modo de falar é um dos resquícios reencarnatórios que traz da época.

— Por que ele voltou a essa encarnação?

— Pergunta demais, médium! Ele voltou porque precisava entender que não é Deus quem escolhe a situação na qual você retorna à Terra. As próprias escolhas e ações é que determinam isso. Vocês são seus maiores juízes e carrascos.

• • •

O único amor verdadeiro que sentia era por minha irmã caçula. Uma linda pequena dama de treze anos pela qual eu daria a vida. Após a morte de nosso pai, meu cuidado e carinho com ela ficaram ainda maiores, pois sabia que o atual estado de melancolia e depressão de nossa mãe a impediria de dar à minha irmã toda a atenção de que necessitava. Jurei a meu pai, em seu leito de morte, proteger Catherine. Sempre antes de me entregar aos prazeres da noite, aqueles que só um jovem nobre poderia usufruir, certificava-me de que ela estava dormindo em segurança. Quisera eu saber da desgraça que nos aguardava.

Contudo, os galantes bailes da corte deixaram de me interessar por completo. Eram divertidos, não posso negar, mas comecei a conhecer lugares um tanto quanto diferentes na cidade. Casas onde trabalhadores e homens comuns se reuniam ao cair da noite para desfrutar de prazeres mais baratos — e não tão limpos — e, de alguma forma, tudo aquilo me encantava. Bebida, meretrizes, música... eu sempre acabava a noite nesses lugares junto a ferreiros, homens do mar, carregadores e belas camponesas que ali prestavam muito bem seus serviços.

Em pouco tempo, já tinha formado um círculo de amigos — que, ao final da noite, nunca precisavam se preocupar com dinheiro —, e foi um desses amigos que me apresentou o que seria meu declínio e minha paixão, meu inferno e meu paraíso naquela encarnação: o ópio.

Esse grande amigo se chamava Richard, Richard Cara-de-Peixe. Um marinheiro tão elegante quanto o próprio apelido. A propósito, este resumia bem sua inconvencional aparência: os olhos esbugalhados e o nariz pontudo davam-lhe o aspecto dos peixes — aos quais ele dedicava grande parte da vida. Além disso, Richard parecia ter o cheiro do pescado naturalmente afixado em seu corpo. Apesar disso, contava boas histórias e fazia boa companhia. Foi ele que me levou pela primeira vez a uma das muitas casas de ópio que havia em Londres naqueles dias. Era uma relação de dependência mútua: eu precisava dele para ir até esse tipo de lugar sem ser por demais notado; ele precisava do meu dinheiro, que pagava por nossas horas com a "fada verde"; e ambos precisávamos nos refugiar na realidade imaginária a que aquela substância nos transportava. É claro que não se tratava de uma atividade adequada à minha posição; por isso, tínhamos de ser discretos. Era um passatempo inadequado frequentar lugares pouco nobres. Não seria bom para o nome da família que se espalhasse pela alta classe o fato de o filho do falecido duque agora vagar pelas ruas à procura dos prazeres do ópio e das prostitutas. Havia uma postura e uma reputação a serem mantidas. Apesar de a maior parte da nobreza fazer uso constante de ópio, meus recorrentes exageros deveriam ser mantidos velados. Ninguém precisava saber o tamanho da minha necessidade por aquela substância e, assim, o nome de meu pai não seria manchado por intrigas.

Cara-de-Peixe, porém, iria passar uma temporada no mar. É óbvio que não ficaríamos sem nossa adorável "fada" e, então, fizemos uma pequena compra. Alguns frascos, apenas. Richard levaria o bastante na viagem e eu ficaria com o suficiente em casa. É claro que providenciei todo o dinheiro necessário para a compra de nosso prazer. Dessa forma, nem precisaria me expor, o que era conveniente. Continuaria posando como um jovem nobre e, em segredo, me entregaria aos prazeres sem me preocupar com as aparências sociais e morais que a nobreza de minha família exigia.

Richard partiria em uma noite de verão e passaria, pelo menos, três meses no mar. Então, decidimos fazer uma despedida à altura. Bebemos tudo o que a cidade podia nos oferecer. Tivemos as melhores mulheres e, mesmo ele, com sua cara de peixe, pôde ter um pouco de satisfação pelo preço certo. Quando o barco de meu amigo partiu pela manhã, montei meu cavalo rumo à mansão. Meu plano era simples: uma dose de ópio e um dia inteiro de sono. Contudo, nem sempre os planos saem como planejados.

Assim que cheguei, subi a meus aposentos. Tudo estava demasiado quieto. Ainda não eram cinco da manhã e todos dormiam; um silêncio sepulcral dominava a mansão. Nem mesmo os empregados tinham começado a rotina. O sol começava a passar pelas leves cortinas com seus primeiros raios, iluminando as obras de arte que cobriam as paredes.

Cheguei a meu quarto e fui ansioso, com as mãos trêmulas, até a gaveta onde guardava o precioso pó mágico. Não o encontrei. Em cima da mesa, no entanto, achei um bilhete: "Querido irmão, estava muito abatida pela insônia; tomei a liberdade de pegar um pouco do remédio que você usa para dormir. Com amor, Cat".

Corri desesperado ao quarto de minha linda irmãzinha. Empurrei a porta, que estava entreaberta, e pude vê-la deitada sob a luz pálida do sol da manhã. Seu cabelo loiro caía pela cama, seus olhos estavam abertos e de sua boca saía uma espuma branca. Catherine estava morta! Morta pelo ópio que estava espalhado no chão de madeira perto da cabeceira de minha irmã. Meu grito de dor acordou toda a casa, e acordaria toda a Londres, se possível fosse, tamanha minha aflição. Era como se eu tivesse matado minha irmãzinha.

Eu só conseguia sentir culpa e ódio. Culpa por ter levado aquele veneno para casa e ódio do maldito Cara-de-Peixe, que havia trazido a desgraça para a minha vida e me conduzido a um caminho de sofrimento e morte.

• • •

Por um instante, o quiumba pareceu voltar ao estado anterior.

— Eu já fui rico? — perguntou ao guardião.

— Você mesmo não viu? E viu o que escolheu fazer com a riqueza, a cultura e todas as oportunidades que lhe foram dadas para seguir no caminho da evolução.

Para minha surpresa, mais uma vez, pude ver saindo lentamente das sombras aquela menina que antes havia chegado até nós com a guardiã, a que havia sido violentada e morta. Ela tinha o mesmo olhar de medo, desesperança e tristeza de antes, e andava como se ainda sentisse dor. Desta vez, parecia estar sozinha. Continuava com os cabelos caídos sobre o rosto, o olhar fundo e a pele muito pálida, chegando a tons de roxo na boca e nos olhos. Também pude notar que tinha um hematoma em volta do pescoço. Então, ela tocou o ombro do quiumba e disse:

— No fundo, eu sabia que podia ir à festa. Achava que você iria me proteger, que não deixaria nada de mal me acontecer de novo. Via em você um protetor. Nunca soube explicar por que via em sua figura marginal uma espécie de protetor. Não sabia até esta noite, mas agora está nítido. Aceitei ir àquela festa porque, em algum lugar da alma, achava que meu irmão jamais deixaria algo de mau acontecer comigo novamente. Você não me protegeu! Deixou que me usassem. Não percebeu que, por desígnio divino, estávamos fisicamente próximos, outra vez, para que cumprisse sua promessa de me proteger. Mais uma vez, você me entregou às drogas que deram fim à minha encarnação. Mesmo sem saber por quê, eu confiava em você, irmão. Por muito tempo, vaguei carregando culpa, tristeza e ódio, mas agora compreendo: tudo fazia parte de um processo de evolução, de queda e de ascensão. Agora, estou pronta para receber a ajuda que a moça me ofereceu.

As mãos da guardiã surgiram da escuridão e, gentilmente, tomaram as mãos da menina. Mais uma vez, notei o olhar de choque do quiumba, que parecia não acreditar no que ouvira. A franzina menina foi andando de volta às sombras sem tirar os olhos dele até sumir na escuridão. Uma sutil mudança na luz e nenhuma das duas estava mais lá. Ele nada disse.

Um dos guardiões tomou a palavra:

— Ainda não acabou. É hora de reviver seus últimos dias em Londres.

E, com um estalar dos dedos, fez os olhos de nosso irmão girarem para trás. Desorientado, ele voltou a falar.

• • •

Eu só tinha um objetivo: vingança. O homem que levou a desgraça à minha casa não poderia sair ileso. Passava dias e noites esperando o barco do maldito pescador atracar no porto de Londres. Foi ele quem me apresentou às drogas que mataram minha irmã. Minha mansão tornara-se fúnebre e minha mãe definhava de tristeza.

Eu o esperava às escondidas. Queria pegar aquele maldito de surpresa! Só o ódio me guiava. Não podia aceitar que minha irmã estivesse morta e quem me conduziu ao veneno continuasse vivo. Afinal, a culpa era dele! Sem ele, nada teria começado. Eu não daria tempo nem para aquele viciado tentar se justificar. Esperei noite após noite, dia após dia, até que vi o barco que o traria a mim apontar no horizonte.

Vi o barco atracar e esperei friamente, com minha adaga em mãos, até que todo a embarcação fosse descarregada. Depois, aguardei até que ele ficasse fedendo a peixe, como sempre, pois morreria com aquele cheiro. Aos poucos, todos saíram. Por sorte, Richard foi um dos últimos a deixar o local. Não pensei, não hesitei e, quando ele passou por mim, sem que se desse conta, saí de trás de uma caixa e o apunhalei pelas costas. Ele nem viu o que o atingiu. Enquanto tapava a boca dele para que não gritasse, senti o sangue quente escorrer por ela. Ele sufocou no próprio sangue com o pulmão perfurado. Senti o coração do Cara-de-Peixe parar de bater e, assim que tive a certeza de que estava morto, joguei o corpo dele ao mar.

Sentindo-me vingado, voltei à mansão e entreguei o restante da encarnação aos vícios, à mágoa e à tristeza. Tornei-me um viciado, solitário e infeliz, até o último de meus dias, quando uma doença pulmonar deu fim à vida de meu corpo físico.

• • •

O irmão em desequilíbrio fechou os olhos e pareceu respirar profundamente, mas com muita dificuldade. Quando os abriu, voltou a ser o traficante de olhar revolto.

— Preciso voltar para os MEUS viciados! Eles me chamam. Eles precisam de mim falando aos seus ouvidos. Eles me querem perto deles; eles emanam energias que me levam até eles.

— Você ainda não entendeu? Seus dias como obsessor foram interrompidos. Tem o livre-arbítrio, como todo ser da criação, para continuar a cair nesse abismo. Bem como têm livre-arbítrio os encarnados que, por padrão vibracional, se afinam com sua energia viciada, odiosa e caótica. No entanto, antes de exercer qualquer ação, DEVERÁ terminar este relato. Faz parte de sua trajetória. Penso que é hora de retornarmos aos atos de sua última encarnação. Voltemos à trajetória que escolheu como traficante no Brasil.

— Como posso continuar a falar dessa história? Acabei de descobrir que a menina que permiti ser violentada e morta, a menina para quem, mais uma vez, ofereci o veneno que a destruiu antes mesmo da morte foi um dia minha irmã, a quem jurei proteger. Como voltarei a falar disso? Querem me torturar ainda mais?

— Quem se tortura é você. Foi você que fez todas essas escolhas. Agora, tenha a coragem de encarar o passado para corrigir o futuro, "milorde" — disse uma voz diferente. — Só assim deixará a maré levar o que passou e seguir em frente.

O ambiente foi iluminado por uma luz azul e inundado pelo cheiro do mar, o barulho das ondas batendo nas pedras e o odor de um cachimbo. Um homem de uniforme branco começou a se aproximar a passos lentos. De cabeça baixa, ele caminhava como se balançasse junto com o mar, tinha ritmo cambaleante das ondas. Parou de pé, na frente do quiumba, que estava de joelhos, tirou o quepe de marinheiro e fez uma reverência.

— Com a licença dos guardiões que comandam os trabalhos, preciso lhe dizer algumas palavras que, se bem aproveitadas, vão ajudá-lo na jornada por estes oceanos infinitos.

O irmão desequilibrado levantou o olhar e o ódio que sentia ficou estampado em sua face mais uma vez. Ele tentou se projetar contra o homem com o uniforme da Marinha, mas, de pronto, os guardiões cruzaram as armas diante dele, impedindo-o de atingir o outro. Então, o quiumba gritou:

— Maldito Cara-de-Peixe! É você?

— Sim, esse foi meu nome um dia. Não é mais. A rainha dos oceanos me concedeu um novo começo, um novo nome, uma nova missão. Salve a rainha do mar! Salve a marujada! O que quero lhe falar é: todos podem cair, e todos podem se levantar. Temos essa escolha, meu irmão. Passei por um longo processo. Senti dores, convivi com sentimentos negativos, perguntei-me o porquê. Senti revolta e confusão mental. Foi difícil ver meu corpo físico apodrecendo e sendo comido pelos peixes. Porém, aceitei ser ajudado.

— Agora, aquele que me levou para o vício traja impecáveis roupas brancas e fuma um belo cachimbo enquanto eu fico em uma cela imunda?

— A cela imunda é uma consequência de suas escolhas. Aceite de bom grado a oportunidade que os senhores exus lhe concedem, permitindo-lhe falar. Pode ser o início de sua regeneração. Passei meses no mar na última viagem daquela que foi minha encarnação derradeira. Trabalhei como nunca e morri no cais do porto de Londres, apunhalado pelas costas sem ao menos saber por que ou por quem. Hoje, porém, estou aqui para lhe estender a mão e, de alguma forma, lhe dizer:

perdoe-se para seguir em frente. Ninguém segue sem antes se perdoar. Agora, se os senhores me dão licença, esse marujo tem trabalho a fazer sob a ordenança da Grande Mãe.

Os guardiões o saudaram:

— Salve, marujo! Salve, todo o povo d'água! Salve a mãe dos oceanos!

Naquele momento, o barulho do mar se tornou ensurdecedor, como se a força do oceano estivesse presente. Então, ouvi o apito de um navio prestes a zarpar.

— Um dia, lhe conto meus "causos", médium — disse o marinheiro, olhando na minha direção.

Mais uma vez, o navio apitou e tudo se silenciou. O homem do mar partira.

— Voltemos à nossa conversa — disse um guardião, batendo a espada no chão.

O quiumba se contorceu mais uma vez e tornou a falar.

DAS TREVAS AO FOGO DIVINO

BRASIL

DIAS ATUAIS

— Espero que, desse momento em diante, você tenha a compreensão de que nasceu nas condições ideais para sua redenção e evolução. Cada detalhe de suas condições encarnatórias, moço, foi escolhido por você mesmo para que tivesse as possibilidades de reparo dos desequilíbrios anteriores. Nasceu, sim, em um lugar pobre, mas não por castigo divino, como sempre imaginou, mas para que mostrasse a si mesmo que conseguiria se tornar um homem digno e honrado apesar das adversidades financeiras, tendo em vista que usou de maneira tão equivocada os recursos providos em uma encarnação anterior. Nasceu, sim, em um local de difícil acesso à educação e à cultura, mas não como castigo divino, e sim para que provasse a si mesmo que, dessa vez, valorizaria o conhecimento, uma vez que teve acesso às maiores obras científicas da humanidade e não as utilizou para absolutamente nada em sua evolução. E, por fim, nasceu, sim, em um local tomado pelas drogas, mas não por castigo divino, mas para mostrar a si mesmo que poderia fazer a diferença positivamente, ajudando pessoas que foram tomadas pelo vício como você foi. E o que fez? Exatamente o contrário! Viciou centenas e destruiu milhares de vidas.

— Mas eu não sabia! Não é justo! Eu não me lembrava de nada disso até agora! Como eu agiria da forma certa se não sabia de nada?! E essa menina? Como eu saberia que minha irmã estava perto de mim? Que eu poderia protegê-la desta vez? Isso tudo é muito injusto!

— Como ousa, em sua insanidade, julgar justa ou injusta alguma situação? — tomou a palavra o outro guardião. — A Lei Maior e a Justiça Divina estiveram tão presentes e foram tão perfeitas que lhe ofereceram todas as oportunidades de que precisava para evoluir. Todo o plano encarnatório foi traçado por você e seus mentores. Quanto ao véu do esquecimento, é o melhor que se pode fazer por alguém que reencarna: dar-lhe a justa oportunidade de começar a vida sem qualquer resquício de culpa ou de glória pela existência anterior. Dar-lhe uma vida do zero! E, repito, sempre no lugar e no tempo certos para sua evolução. Por misericórdia, lhe foi concedido o esquecimento. Quanto à menina, foi uma concessão da Lei a ela. Nascer no mesmo período que você, fisicamente próxima, para que vocês pudessem, juntos, reequilibrar os desajustes do passado e para lhe dar a chance de mantê-la longe das drogas das quais você a aproximou antes. Ela escolheu. Acreditando que você faria diferente, ela decidiu confiar em você. O que acabou acontecendo, todos já sabem. Mais uma vez, você levou a ela as drogas que a mataram. Desta vez, contudo, ainda foi negligente o bastante para deixar que ela fosse violentada, abusada. Portanto, entenda de uma vez por todas, pois minha paciência está acabando, quiumba: todas as chances que pediu foram dadas a você. Agora, continue a contar sua história. Sabe que ainda tem muita coisa por vir. Prefere falar ou voltar para onde sua consciência o leva todas as vezes que terminamos aqui? Ir para lá e sentir, mais uma vez, os projéteis entrando e destruindo seu corpo espiritual? Quer sentir novamente a vingança de cada inimigo que fez durante suas encarnações?

O guardião soltou uma sonora gargalhada, enquanto posicionava o espírito para que continuasse a narrativa.

— Eu falo, senhor.

O guardião gargalhou outra vez.

— Veja só! Agora, até me chama de "senhor". Como uma dose de compreensão cai bem, afinal.

DAS TREVAS AO FOGO DIVINO

RIO DE JANEIRO

FINAL DOS ANOS 1990

Tudo pronto para que, finalmente, o bonde partisse. Sabíamos o que fazer. Estávamos em maior número — éramos quase cinquenta dos meus — e mais bem armados. Além disso, tínhamos a vantagem das informações. Íamos acabar com todos eles antes que percebessem o que estava acontecendo.

Entramos na quebrada deles perto do amanhecer — essa é sempre a melhor hora. O movimento da noite estava terminando e os caras, estavam mais relaxados, já usando suas paradas e dando mais um dia de guerra por vencido.

Chegamos à primeira boca deles, foi tudo muito rápido; matamos dois à queima-roupa; o terceiro tentou fugir, mas, com um tiro na perna, não ia a lugar algum. Foi torturado até falar onde ficavam os outros lugares. Decepamos os dedos dele, arrancamos os dentes e cortamos a genitália, até que ele falou. Ah, se falou! Ia perder a língua se não falasse. Fiquei com mais um ali na contenção e mandei meus meninos para a guerra. Era a hora de provarem seu valor. Já tinha feito a minha parte. Agora, era ficar no rádio, monitorando. A comunidade acordou com o barulho das metralhadoras. Naquele dia, ninguém ousou sair para trabalhar e as crianças não foram para a escola. Os que escolheram sair... por esses, não me responsabilizo.

• • •

Naquele momento, outro portal se abriu e um guardião saiu dele. Ele usava um manto negro mais longo, com um grande capuz, e, na mão esquelética, havia uma foice imensa. Era a personificação da morte. Ele saudou os outros dois, fez um sinal na direção do portal e começou a caminhar para perto do quiumba. Parou na frente dele e disse:

— Eu sou o guardião de onde eles estão agora, abusado! Sou o guardião do cemitério e você responde, sim, por todos os que desencarnaram naquele dia, vítimas de sua ganância.

Do portal, então, começaram a sair pessoas, em fila. Homens, mulheres, alguns visivelmente com o uniforme do trabalho. Um por um, passaram na frente do quiumba, que os olhava com terror. As marcas dos tiros que perfuraram seus corpos ainda apareciam nos perispíritos e sangravam. O cheiro de sangue e putrefação era forte. Cheiro de terra seca e de morte. Um a um, passaram por ele e cada um olhou nos olhos do quiumba e disse o nome, o sobrenome, o que fazia na rua e qual foi a família que abandonou. Contei vinte e sete espíritos naquela fila de morte. Quando o último terminou de falar, o guardião de aparência esquelética bateu a foice no chão e todos foram sugados, como em um vórtice, de volta pelo portal. Ele, mais uma vez, caminhou calmamente; em uma das mãos, a foice, na outra, um charuto que exalava um agradável cheiro de conhaque. Olhou nos olhos de nosso irmão, que não conseguiu encará-lo, e disse apenas:

— Você é responsável, sim. — Depois, virou-se para os guardiões que mantinham o quiumba preso e ajoelhado, e os saudou: — Laroiê! Salve, suas forças! Agradecido por ter trazido esse povo aqui. Agora, darei prosseguimento à caminhada deles.

— Nós também agradecemos. Ele precisava ver isso. E obrigado pela sustentação energética ao médium em seu polo negativo.

— Não faço isso sozinho — respondeu ele, rindo. — Seria trabalho demais para mim sozinho.

Os outros também riram. Ele entrou no portal, apenas acenando para mim com a cabeça.

— Eles morreram porque saíram na rua. Vocês querem terminar de me enlouquecer! Aquela caveira gigante passou para mim todas as memórias dos mortos! Agora, também posso sentir a dor e a tristeza deles. Como querem que eu continue qualquer coisa assim, louco?

— Não! — gritou o guardião, empunhando a espada. — Morreram por sua ganância, por sua escolha de levar mais caos a um lugar que já sofria. Você precisa aceitar sua culpa, e parte dessa responsabilidade é entender a dor que eles sentem. Termine logo sua história; é sua chance de compreender. Não tente questionar, argumentar ou, de alguma forma, se defender. Apenas fale!

• • •

Sabíamos onde encontrar cada um dos que seriam eliminados. A estratégia era simples e brutal: entrar nas casas e matar o mais rápido possível para que não houvesse resistência. Se mais alguém estivesse no local, morreria junto. Não fazia diferença. O importante era dominar a maldita favela e, para isso, não podíamos deixar qualquer rato escapar. Foi um banho de sangue. Perdi alguns dos meus, mas já esperava por isso, pois, no fundo, todos os que estavam comigo naquela noite saíram de casa para matar ou para morrer.

Quando os tiros finalmente pararam, recebi pelo rádio a mensagem que esperava. Estava tudo dominado! Era tudo nosso! Eu sentia o poder. Era o dono de muitas bocas agora. Mais do que nunca, tinha nas mãos tudo o que importava para mim: poder, dinheiro, drogas e mulheres. Àquela altura, minha autoconfiança era tão grande que resolvi subir até a última das quebradas. Cinco de meus homens estavam lá, fazendo a guarda da casa para que eu chegasse. Era um lugar que contrastava com todo o restante da comunidade. Uma grande casa com piscina, área de lazer, o melhor em equipamentos eletrônicos, bebidas e todo o conforto que podia querer. Era onde morava o antigo chefe do tráfico do lugar. Era minha, agora! Fui até o quarto, ele estava lá. Morto. Nu. Uma mulher que, aparentemente, tinha tentado fugir também estava morta no corredor. Vestia apenas roupas íntimas, que estavam manchadas de sangue, e parte dos miolos dela ficaram grudados na parede. Olhei pela janela do quarto, via toda a favela dali. Era meu quarto agora.

Ordenei que juntassem os corpos, inclusive o do gordo nojento que fazia a segurança do antigo chefe e de sua namoradinha — uma viciada de, no máximo, quinze anos. Todos foram levados para o alto da comunidade. Uma pilha foi feita. Eu e meus rapazes nos reunimos em volta dos cadáveres e dos pedaços de corpos. Tudo cheirava a sangue, fezes e urina. Aquela pilha de carne nem parecia humana. Mandei que terminassem de picar todos eles. Não haveria enterro nem despedida. Sequer haveria identificação. Só uma pilha nojenta de carne, sangue e tripas. Meus meninos serraram pedaço por pedaço de cada um deles; no fim, todos estavam misturados. Agora, o mais fácil: jogar gasolina e atear fogo em tudo. Uma imensa fogueira iluminou o início da manhã. Um novo dia começava e o morro tinha um novo dono.

Ao final do dia, cada boca da comunidade já tinha um novo gerente. Famílias que tinham envolvimento com os antigos traficantes foram expulsas sem o direito de levar nada. Fiz questão de mandar limpar toda a mansão no alto do morro para que eu pudesse viver ali e, dali mesmo, exercer meu poder, meu comando, sobre todo o território. Eu confiava em cada um dos meus "cabeças". Era o início de um reinado.

Tive uma vida luxuosa e cheia de exageros. Satisfiz todas as minhas vontades. Promovia bailes cada vez maiores e mais cheios de viciados, que traziam cada vez mais dinheiro. As drogadinhas que mais me agradavam eram levadas para a "cobertura" — como minha casa ficou conhecida. Lá, elas me davam o que eu queria em troca de mais um pouquinho do que tanto precisavam. Eu adorava aquilo! Aquelas viciadas me implorando por mais drogas e fazendo tudo o que eu queria em troca.

Muitas morreram de overdose, outras tiveram de ser mortas porque "saíram do controle". Os corpos eram colocados no alto do morro, queimados, e as famílias jamais ficavam sabendo de seus paradeiros. Era muito dinheiro, muito poder. Nunca fui injusto com meus meninos. Mas, como disse, era muito dinheiro, muito poder!

Era uma noite quente. Eu tinha acabado de sair da piscina. Um bom mergulho depois de me divertir com uma de minhas viciadas — eu as via como brinquedos —, era tudo o que precisava antes de dormir. Meu segurança estava no andar de cima, provavelmente se drogando, enquanto vigiava o movimento; sentado no terraço da casa, ele via tudo. Uma menina dormia chapada no sofá de couro preto da sala. O corpo nu da jovem me fez sorrir quando passei por ela. Estranhei o silêncio que imperava na casa. Nem um só ruído. Mas não me dei conta do que me esperava. Fui para meu quarto, minha pistola estava lá. Abri a porta, o ar-condicionado estava ligado, como eu gostava que ficasse no verão. Acendi a luz e vi três de meus gerentes parados perto da janela. O corpo negro e gordo de um dos meus seguranças estava na cama. Eu levantei os braços e perguntei o que estava acontecendo. Sem responder nada, um deles me deu o primeiro tiro na perna. Traidor! Virei-me, tentando voltar e sair do quarto. A porta se abriu. A menina, que antes dormia no sofá, agora estava de pé parada em frente ao quarto.

— Posso ir? — perguntou ela, mostrando um maço de dinheiro, como quem confere se está tudo certo.

— Vaza! — respondeu um deles. — O seu está feito.

Ela vestiu uma camiseta, olhou para mim com um sorriso sarcástico e falou:

— Morre, nojento!

Ouvi um tiro. Senti minhas costas arderem. Caí no chão. Senti um pé me virando de barriga para cima. Tentei falar, só sangue saiu de minha boca. Olhei para o teto branco e vi o cano da pistola apontando para minha testa. Ouvi as últimas palavras antes do estampido final:

— Vai para o inferno! É muito dinheiro, muito poder.

Um tiro na testa e tudo escureceu.

• • •

— Morreu por sua ganância — comentou o guardião, tirando o quiumba de uma espécie de transe com um estalar de dedos.

— Morri porque fui traído. Fui ganancioso, sim. O poder me atraía, precisava ser alguém. Assumo que deveria ter me importado mais com a vida daquelas pessoas. Matei muitos sem necessidade, mas, para aqueles traidores, sempre dei tudo do bom e do melhor. O maldito que puxou o gatilho tinha ficado com um dos melhores pontos de venda e estava sempre na minha casa desfrutando do que o mal que causamos nos proporcionava. Não havia motivo para que eles me traíssem.

— Então, agora pelo menos entende que praticava o mal? — perguntou o guardião, levantando o queixo do espírito com o cabo do tridente e fazendo-o olhar dentro de seus olhos. — Em breve, entenderá que eles tinham motivos para traí-lo, sim. Motivos mais antigos do que sequer pode imaginar.

Ele tremia. A perna sangrava, da boca, escorria sangue e, na testa dele, surgiu um buraco deixado pelo tiro que finalizou sua encarnação. Mais uma vez, ele revivia a morte.

— Sim! Compreendo que fiz o mal. Mas por que fui traído? Suas palavras se misturavam à tosse e o sangue fazia um barulho estranho na garganta do quiumba.

— Não fiz nada de mal para eles! Covardes! Eu conquistei aquilo tudo! Nenhum deles teria conseguido sem mim! Por que me traíram?

— Está certo de que quer saber? Então, pare de morrer outra vez! — falou o guardião, dando outra gargalhada sonora. — Tenha um pouco de dignidade. Volte para sua autopunição e entenda que essa traição foi causada por você mesmo.

— Volte? Como? Para onde?

— Só volte para sua ilusão umbralina; você precisa dela para entender o que fez e, quem sabe, conseguir direcionamento e redenção! Encontre suas respostas lá, por enquanto. Continuaremos com você em breve.

— Mas eu já contei tudo!

— Está longe de ter falado tudo, e mais longe ainda de ter compreendido algo. Busque compreensão no lugar de seu merecimento. Vá!

DAS TREVAS AO FOGO DIVINO

REALIDADE UMBRALINA

DIAS ATUAIS

Outra vez neste inferno de gritos, tiros, dor e sofrimento. Tudo aqui é cinza, escuro. O chão é úmido e lamacento, cheira como se vazasse esgoto por todos os lados. Pessoas magras e disformes se arrastam pelo chão horrível o tempo inteiro. O céu — se o que vejo é um céu — não passa de uma massa de fumaça escura onde rostos sinistros às vezes aparecem. Não se pode enxergar muito à frente, como se uma densa e pesada neblina estivesse sempre me rodeando. Uma névoa sem fim! Passado e futuro, dia e noite parecem não existir aqui. Em alguns momentos, o lugar lembra uma favela, a pior delas, com barracos caindo aos pedaços, dos quais não se pode nem chegar perto. Essas habitações parecem se erguer da própria lama imunda. Nas paredes, posso ver restos de animais, como chifres, penas e cascos, e partes de pessoas. São rostos agonizantes aprisionados em construções de lama podre. Não desejaria uma estada neste lugar nem ao mais terrível de meus inimigos. As "criaturas" que habitam esses barracos são ferozes e valorizam imensamente seus refúgios — se parecem com seres humanos deformados e emanam ódio. A maioria dos que eu consigo ver, assim como eu, não tem abrigo e vive como um morador de rua imundo. Talvez por isso, esses seres deformados valorizem e protejam tanto os barracos, dilacerando o que restou dos corpos de quem ousa se aproximar deles.

Eu sempre volto para cá. Não importa se consigo, em alguns momentos, me conectar a encarnados com vícios e pensamentos próximos aos que eu ainda tenho, sempre volto para cá. Uma hora ou outra, volto para cá. Quando a conexão com os viciados inconsequentes termina, é aqui que me jogam. Não sei há quanto tempo essa sina se repete.

Neste maldito lugar, a agonia é constante. Não há nenhum momento digno. Eu sinto frio, fome, sede e dor. Tento beber a água pútrida que se empoça no chão, mas parece que, sempre que tento um mísero gole, a lama fica mais espessa, os tiros e a correria recomeçam e eu preciso fugir para não sentir novamente os disparos perfurando o que restou de meu corpo. Vejo as pessoas que passam por mim baleadas, mutiladas e drogadas. Algumas estão em absoluto desespero, outras ainda parecem estar no último estágio de alucinação antes da morte, sequer têm ideia de que não possuem mais o corpo físico. Muitos passam por mim fugindo quando os tiros começam; outros, confusos e desorientados, ainda sem entender essa realidade, se deitam no chão e se veem contra-atacando um inimigo que sequer conseguem enxergar. Eu tento não ver nada, mas o medo faz com que meu desespero aumente a cada minuto neste local. Estou enlouquecendo! Estou certo disso. Eu ouço e sinto a dor daqueles que estão por perto. Escuto o choro de filhos que, mortos a tiros, não podem mais ver as mães. Garotos que entraram para a vida do crime aos treze, catorze anos, passam por mim com os corpos esqueléticos, chorando e pedindo mais uma chance. Sinto o cheiro e vejo o estado deplorável deles. Vejo o vômito constante dos que desencarnaram em overdose — muitas dessas mortes causadas direta ou indiretamente por mim. Ouço os gritos de desespero das mulheres que morreram enquanto eram violentadas. Sobretudo, sinto cheiro de carne queimada. O cheiro que se espalhava pela comunidade quando eu mandava queimar os corpos em cima do morro. O fogo que consumia a carne de meus inimigos me proporcionava enorme prazer, mas é, agora, um de meus piores tormentos.

Vago por este lugar em busca de alento, de uma saída, tentando entender por que estou aqui e tentando, muitas vezes, me esconder. Porém, eles sempre me acham; me xingam, juram vingança, mostram o terrível estado em que se encontram e dizem que é tudo minha culpa. Essa tem sido a minha realidade. Neste momento, enquanto conto essa história e revejo tudo o que aconteceu, percebo que poderia ter agido diferente. Mesmo quando, no plano material, me aproximo de um viciado para extrair migalhas energéticas das drogas que ele usa, continuo ligado a esse buraco imundo. Preciso achar a saída. As poucas horas — se forem horas... já não sei — que passo fora daqui ditando minha história, por ordem daqueles dois que se dizem "agentes da Lei", são momentos de certo alívio apesar do sofrimento de encarar as verdades sobre meus erros. Coisas que eu não tinha a menor noção de que tinham acontecido ou ações cujas consequências não podia mensurar.

O que sei é que preciso parar de ouvir esses gritos desesperados, preciso parar de acordar — será que durmo? — com o barulho dos disparos de fuzil. Eu achava a vida dura; pensava que conhecia o sofrimento. Hoje, posso afirmar que não importa o que estivesse passando, era incomparavelmente melhor que isso. Não há um momento de paz, não há um sorriso, alegria, nada! Nem aquela falsa alegria trazida pelas drogas ou pelo álcool, nada!

Constantemente, sinto a dor dos ferimentos que geraram minha morte. Esses tiros sangram o tempo inteiro. Algumas vezes, vermes saem dos buracos, além de sangue e pus. Em muitas delas, quando estou um pouco mais consciente, não consigo suportar meu próprio cheiro. Cheiro de cadáver, de podridão, que se mistura ao cheiro da culpa que agora sinto e que, quanto mais entendo, mais se intensifica — o cheiro de todos os corpos que passaram por estas mãos. Porém, deve haver uma forma de sair daqui. Aqueles dois "agentes" vêm e vão. Então, existe um meio de deixar este lugar.

— Existe uma saída fácil daqui — falou uma voz rouca, como se saísse de uma garganta deformada. — Basta fazer alguns favores para as pessoas certas e você receberá o pagamento. Eu mesmo me encarregarei de lhe entregar as energias que lhe deixarão mais forte; as feridas não mais sangrarão e você poderá comer, beber e até usar suas drogas com mais frequência! Você está nas trevas, meu caro, portanto, junte-se a elas.

Virei-me em direção à voz. O que vi, jamais havia imaginado existir. Um ser com braços alongados, grandes garras, escamas em algumas partes do corpo. O rosto era uma grotesca mistura entre homem e réptil. A boca parecia grande demais para o rosto e, no lugar dos dentes, tinha presas pontiagudas. Era algo realmente fora das proporções que se esperam de uma face humana. Do canto da boca, escorria um líquido esverdeado que lhe dava uma aparência ainda mais repulsiva; a língua era bifurcada e os olhos, esferas amarelas e profundas. Vestindo trapos negros, ele andou em minha direção, saindo da neblina. A névoa se abria aos poucos enquanto ele caminhava. Era como se todo o lugar tivesse silenciado com a chegada daquela criatura; os únicos sons que eu ouvia eram os passos dele no chão lamacento e os barulhos que fazia tentando manter a boca fechada — pareciam sibilos roucos de um lagarto. Percebi que atrás dele, em uma postura submissa, havia mais seis espíritos, todos muito magros, sujos e maltrapilhos. Lembrei-me de minha última encarnação e logo constatei o que para mim não era novidade: o chefe não anda sem os capangas.

— Então, quer saber como funciona? Quer saber como você pode sair daqui e ir buscar constantemente as energias de que tanto gosta daqueles lixos viciados? Será bem pago por seus serviços, trabalhando para os magos das trevas.

— Não trabalho para ninguém! Eu sou o dono!

Só agora, narrando os fatos, percebo o tamanho de minha arrogância. Um resto de ser em estado de putrefação ainda acreditava ser "o dono". Assim que proferi essas palavras, minhas feridas começaram a sangrar como nunca. Caí de joelhos, tamanha era a dor. Ainda ouvi as risadas dos capangas da criatura disforme.

— Aqui, você não manda em nada, não é dono de nada! Aqui, se quiser ter uma migalha de dignidade, trabalhará para mim. Se quiser tratar de negócios, suba por este caminho até meu barraco. Estarei lá, esperando por você. Pelo preço certo, é claro, posso lhe dar um pouco de dignidade, afinal.

Sem forças, senti, novamente, minha face bater no chão lamacento. Minha última lembrança é a de ver aquele ser — meio homem, meio lagarto — se afastando com um andar estranho. Tudo era escuridão outra vez. Sentindo gosto de sangue na garganta e a terra úmida no rosto, pensei: "Por que fui traído?". Começava a entender os porquês de muitas coisas, mas não entendia o motivo de ter sido traído e assassinado por meus próprios soldados. Aquilo não era justo.

Acordei com um chute.

— O chefe está esperando por você. É melhor não irritar o patrão.

Era um dos espíritos magros e maltrapilhos que andava junto à fera bestial.

Levantei-me, ainda meio tonto, e perguntei:

— O que ele quer comigo, afinal?

— Ele deve ter visto algum potencial em você. Quer tratar de negócios. Anda, venha comigo. Aqui, não sou eu quem fala ou faz acordos. Se quiser alguma chance de trabalhar para as trevas e reaver alguma dignidade, fale com o patrão.

Subimos por uma colina cinza. No caminho, vi espíritos se arrastando pela lama, gemendo e chorando. Alguns imploravam por água; outros, por cocaína. Eram escravos dos próprios vícios. Senti medo. Eram muitos e pareciam ferozes, prontos a atacar em nome dos próprios desejos. Uma luz fraca tremulava no matagal e o espírito me guiava em direção a ela. Agora, nós dois estávamos no meio do mato alto. Naquele matagal, perdi completamente o senso de direção e, por mais de uma vez, pisei em cadáveres — seriam mesmo cadáveres?

Chegamos ao barraco, um quartinho com uma porta de madeira, sem janelas, sob um modesto telhado. Ali, as construções eram protegidas por espíritos furiosos que se refugiavam nos arredores. A porta se abriu e pude ouvir o final do rufar de tambores, como se o som que evocava aquelas criaturas viesse de outro plano. Em seguida, escutei a fera horrenda dizer:

— Ele está aqui. Tenho a certeza de que aceitará o serviço.

— Sim, estou aqui, mas de qual serviço estamos falando? Por que acha que vou, de alguma forma, trabalhar para você?

Ele se virou. Estava sem camisa e eu pude notar os ossos aparentes sob a pele. Os olhos amarelos da criatura refletiam a luz fraca de algumas velas que queimavam no local. Reparei melhor no espaço: pequeno, apertado, muitas coisas amontoadas, como se fossem depositadas ali todo o tempo — garrafas de bebida, cera de velas, tecidos, pratos de barro, copos, guimbas de cigarro e um crânio. Um crânio em uma panela de barro regado com sangue. Ele percebeu que eu olhei assustado para aquilo e passou a mão pelo crânio, por dentro dele, como se ali não houvesse nada, como se somente as imagens existissem ali, uma projeção, não os objetos concretos. Mas eu via! Com certeza, eu via! Ele, então, disse:

— Está do outro lado. Isto é apenas um reflexo. Como isto...

Então, ele se virou novamente, pegou um frango em um dos pratos e o levou à boca. Mordeu com força suficiente para arrancar um pedaço da carne, ainda com penas, e o sangue escorreu de sua boca. Os espíritos capangas dele correram para lamber as gotas de sangue que caíam no chão. O ser se deliciava com a situação e ria.

— Isso que vê em minha mão nada mais é que o reflexo energético de uma oferenda feita lá do outro lado pelo mago das trevas para o qual tenho trabalhado. Absorvo a energia que é oferecida a mim e a divido com meus soldados. Certas vezes, quando o serviço é bom, eles ficam com partes ainda maiores. Esse encarnado me paga para fazer suas vontades, sejam elas quais forem. Faço todo tipo de favor para ele e para os desesperados por soluções que o solicitam para resolver seus problemas. Eu ataco os inimigos deles sem me preocupar com a Lei. Sobre desobedecer a lei, você entende, não é mesmo? Eu recebo minhas pagas energéticas aqui, nesta casinha. Se você quiser uma parte disso, se quiser se sentir vivo mais uma vez, é só fazer o que eu disser. Vai poder sair, fazer o que gosta, cheirar, beber, fumar e ainda voltar e ser pago por isso. Basta seguir minhas instruções, é só acompanhar os cordões negativados que vou lhe mostrar para chegar àqueles que vibram em frequências como a sua. Seja o que você sempre foi: um obsessor.

Eu já havia sido chamado por muitos nomes, mas nunca por aquele: "obsessor". Para mim, a proposta soava como os muitos aliciamentos que eu havia feito em vida. Ele estava tentando me trazer para o bando dele, e eu sabia o que aquilo significava. Quando encarnado, recrutei muitos para meu bando. Eles trabalhavam em prol de meus interesses e a maioria se afundou cada vez mais nas próprias trevas até que se deparou com um desencarne cruel e violento. Afundar-me ainda mais em minhas trevas, já terríveis, trabalhando para aquele ser grotesco, não fazia parte de meus planos.

Um estrondo! A porta do barraco foi ao chão. Os espíritos magros pararam de lamber as poças de sangue que havia escorrido e, com olhares desesperados, começaram a procurar uma saída... que não havia. Os dois executores da Lei entraram pela única porta. Era como se eu revivesse uma das muitas cenas em que a polícia estourava a porta de uma boca de fumo.

Os olhos dos guardiões brilhavam como fogo. Um deles usava uma longa capa e cobria parcialmente o rosto com uma cartola. Em sua elegância, era realmente ameaçador. Levava na mão um tridente, que bateu no chão com força antes de dar uma gargalhada. O outro parecia mais ativo. Usava uma longa capa preta e uma elegante camisa branca, limpíssima. Seu rosto também estava parcialmente coberto por um chapéu; na cintura, trazia um longo punhal dourado, adornado com lindas pedras. As botas que ambos calçavam estavam completamente limpas, apesar de toda aquela lama.

— Arrastem-se para fora daqui, agora! — disse o agente da Lei que havia gargalhado. — Ao passarem pela porta, serão enviados pela Lei Maior a seus locais de merecimento e de necessidade. A porta deste barraco imundo servirá como portal para suas novas realidades. A festa acaba aqui! — disse ele, dirigindo-se aos espíritos maltrapilhos que lambiam o chão antes de sua chegada. — E quanto a vocês dois, o que pensam que estão fazendo aqui? Recebendo oferendas? Pagas energéticas para influenciar negativamente a vida dos encarnados? E você? Não basta ter perdido a forma humana, ainda quer trazer mais e mais espíritos para o mesmo caminho de queda e ruína que está percorrendo? Pois, em nome da Lei Maior, eu retiro qualquer pagamento que possa ter recebido!

Neste momento, as bebidas, os cigarros, as velas e os adornos que enchiam o local, simplesmente, começaram a desaparecer. As comidas que estavam nos pratos de barro apodreceram e um cheiro terrível tomou conta do lugar. O espírito, que não era nem homem nem lagarto, gritou enfurecido e avançou contra os executores da Lei. As garras afiadas da criatura iam na direção dos dois e as presas pontiagudas estavam expostas, com o veneno escorrendo, prontas para dilacerar os membros dos dois. Entretanto, sem dar uma palavra sequer, em um movimento quase imperceptível e muito veloz, aquele que vestia a capa preta desembainhou o punhal e o cravou no peito da criatura, que caiu de joelhos. Ao retirar o punhal, que brilhava, o elegante homem apenas disse:

— Não, não lhe é permitido.

A criatura caiu em uma poça de "sangue" negro e foi ficando cada vez mais magra e fraca, até que vi seus restos se fundirem ao chão imundo daquele lugar.

Ambos se aproximaram de mim. Nunca senti tanto medo. Fariam comigo o que fizeram à criatura?

— Então, você ia aceitar um "servicinho"? — perguntou o guardião que usava cartola, acendendo um charuto e gargalhando outra vez.

— Não ia aceitar absolutamente nada, mas essa criatura prometia me tirar daqui e me dar algum alento.

— E vê o estado dela agora? — perguntou o que usava a capa preta e que tinha cravado o punhal no que agora era apenas pó misturado à lama do barraco. — É esse o destino que deseja para você? Eu poderia providenciá-lo agora mesmo. Em muitos momentos, você mostrou que poderia retroceder no processo evolutivo.

— Pois, então, mate-me logo! Faça isso! Acabe com esse sofrimento, com essa dor, com essa culpa!

— Morto você já está! Acho que essa parte você já entendeu — disse o homem de cartola, segurando o tridente com a mão esquerda. — Quanto a seu destino, por ora, não será o mesmo desse espírito que, por sua negatividade e falta de aceitação dos desígnios da Lei Maior, foi retrocedendo a ponto de começar a perder a forma humana. Acha que ele morreu com essa punhalada? Não, não morreu! Apenas foi enviado para uma esfera inferior. Digamos que ele foi parar, pelas próprias escolhas, em uma versão ainda pior deste lugar. Sim, sempre pode melhorar ou piorar. Com relação a seu destino — fez uma pausa e deu mais um trago no charuto —, por ora, poderá ser diferente. Alguém intercedeu por você ante a Lei para que você possa se entender melhor e então, quem sabe, fazer uma escolha diferente.

— Intercedeu por mim? Alguém intercedeu por mim? Quem pediria por minha alma? Nunca tive ninguém!

Nesse momento, as paredes do barraco sumiram e um feixe de luz azulada surgiu distante. A luz foi se aproximando e com ela, pela primeira vez, consegui ouvir um som agradável naquele lugar: era o barulho das ondas do mar. Eu sentia o cheiro da maresia, ouvia o canto das aves marítimas e, a cada passo que aquela figura toda de branco dava em minha direção, mais forte ficava o som das ondas quebrando nas pedras. Quando finalmente chegou perto, pude identificar quem havia intercedido por mim. Era o Cara-de-Peixe. Apesar de a fisionomia estar diferente, pude sentir que aquele era o homem que eu havia matado no porto de Londres.

— Salve, senhor Tranca-Ruas! Salve, senhor Capa Preta! Agradeço por permitirem que eu adentrasse seus domínios.

— Salve, marujo! — eles responderam.

— Sua missão é nobre. É com alegria que provemos a sustentação energética de que precisa para estar aqui. Contudo, seja breve. Definitivamente, este lugar não é para você — concluiu Tranca-Ruas, gargalhando.

— Serei breve; só preciso conversar com nosso amigo por um momento.

Ele se aproximou de mim, passando pelos guardiões. De seu cachimbo, saía uma fumaça agradável que me envolvia e acalmava. Quando finalmente chegou onde eu estava, tudo parecia mais limpo, mais iluminado, e o cheiro de podridão havia sumido com ele por perto. Ele parou ao meu lado, tragou o cachimbo mais uma vez e começou a falar de uma forma muito calma:

— Os desequilíbrios em suas muitas encarnações o trouxeram a este ponto, meu amigo. Sei que ainda não compreendeu muita coisa, mas também sei que está passando por um difícil processo de entendimento enquanto a história de suas muitas vidas e de tantas escolhas erradas é revivida e escrita. De certa forma, esse é um ato positivo, pois muitos são os que aprenderão com sua trajetória. Aprenderão o que não devem fazer — falou, sorrindo. — Você precisa entender que as ações não são soltas, aleatórias ou desordenadas. Podemos encontrar um motivo para os atos sempre que olhamos para trás. O fato de você ter decidido me assassinar no porto de Londres e me jogar no mar ainda agonizando para que eu terminasse de morrer afogado; o fato de você ter sido traído por seus homens enquanto vivia uma vida desregrada, traficando entorpecentes, mesmo já tendo passado por processos de vício outras vezes; o fato de ter matado por poder e de ter violentado e matado tantas meninas; o fato de você tratar a vida humana como objeto. Tudo isso, tudo o que trouxe você até aqui foram escolhas. Você recebeu oportunidades de aprender com os erros anteriores, mas, na prática, enquanto encarnado, só os agravou. O que posso lhe explicar é que nosso primeiro encontro não aconteceu em Londres. Houve muitos outros. Londres foi uma oportunidade para resgatarmos um erro. Uma oportunidade que deu lugar a vício e assassinato.

— Como assim não foi nosso primeiro encontro? Eu não conhecia você. Eu o conheci no porto enquanto você carregava caixas e era chamado de Cara-de-Peixe.

— Bem, isso não é completamente verdade. Nós já havíamos estado juntos. Eu não me chamava Cara-de-Peixe, como não me chamo agora. Contudo, isso não importa. Você terá a oportunidade de se lembrar. Use as memórias para ligar os acontecimentos, se conscientizar e se harmonizar. Você será levado mais uma vez à presença do médium que registra sua história e poderá recordar mais coisas que vão ajudá-lo nessa caminhada! A maré está vazando. Preciso me retirar. Espero que nos vejamos em breve.

Uma única frase me veio à mente enquanto ele se afastava:

— Perdoe-me!

— Perdoe-se! — replicou ele. — Comece a subir nas ondas em vez de se afogar na lama. Você vai compreender. Só precisa voltar ao tempo em que navegamos lado a lado. Entenda o que fizemos e entenderá o que aconteceu séculos depois. Salve a Mãe da Geração! Agradeço, mais uma vez, os guardiões pelo amparo nas esferas negativas. Relembre, compreenda e siga em frente.

E desapareceu. O lugar retornou à penumbra. Fazia um frio úmido. Voltaram os gritos de aflição, a dor dos ferimentos, o barulho do choro e o estampido dos tiros. Espíritos de viciados e de mortos violentamente começaram a se aproximar de mim. Agora que eu tinha visto um pouco de luz e sentido um pouco de paz, tudo aquilo me incomodava ainda mais! Ouvi um deles dizer:

— É ele! O traficante maldito que nos queimou vivos!

Um grupo partiu em minha direção. O guardião a quem chamavam de Capa Preta me envolveu com a longa capa, que parecia ter vida própria, pois se alongava e se mexia como se não fosse apenas tecido — parecia uma extensão do próprio agente da Lei. Fechei os olhos e o ouvi dizendo pausada, elegante e calmamente:

— Mais uma chance. Voltemos à sua história.

SENEGAMBIA

DAS TREVAS AO FOGO DIVINO

LISBOA

1556

Estávamos na capital do mundo da época. Lisboa era uma cidade viva! Em suas ruas e vielas, a sede por aventuras e riquezas pulsava entre os mais jovens. Histórias sobre o Novo Mundo eram contadas no cais e cantadas nas tavernas. Muitos navios partiam para a costa brasileira. Por que o Brasil? Toda aquela abundância não podia ficar do outro lado do oceano, inexplorada por Portugal. Diziam que o ouro brotava das cachoeiras daquela terra além-mar; que lá havia madeira suficiente para construir a maior frota de navios da humanidade; e que as lindas nativas andavam nuas, prontas para quem as quisesse possuir. Tudo o que precisávamos era de força de trabalho. O rei seria generoso com aqueles que tivessem a valentia de cruzar os mares. Buscar o "ouro negro" nas praias africanas e levar até a colônia era a atividade mais lucrativa para os homens da época, era a atividade que permitiria à Coroa Portuguesa expandir suas terras e se tornar um império cada vez mais poderoso. Portugal precisava da força dos negros e eu precisava apenas de uma chance para me tornar um homem rico. Era a oportunidade pela qual eu passava dias e noites a desejar. Sentado em uma mesa de taverna, buscava embarcar na aventura que me traria riqueza e prestígio. Queria entrar em um navio para negociar e transportar escravizados para a colônia. Era apenas um rapaz sonhador na época. Diria até inocente. Entretanto, não me faltava o desejo por fortuna e reconhecimento. Minha vaidade era imensa: até me imaginava nas gloriosas canções oferecidas aos grandes navegantes que cruzavam os mares em suas gigantescas caravelas e nos poemas a eles dedicados. O desconhecido me fascinava! Eu, o filho de um criador de cabras, vindo do interior montanhoso de Portugal para a capital do reino, chegaria ao mar. Tal como o filho pródigo, havia convencido meu pai a me dar um adiantamento de minha herança para que pudesse começar a vida em Lisboa — confesso que, àquela altura, já tinha gastado grande parte do que me fora entregue. Todavia, estava sempre atento às oportunidades. Andava pelas vielas próximas ao cais, esperando a hora certa, tentando ouvir boatos sobre novas expedições e novos grupos de aventureiros que partiriam para além-mar. Uma hora, um navio sairia e eu teria uma oportunidade. Então, aparentemente, naquela noite quente do verão de 1556, a sorte sorriu para mim.

Estava sozinho, sentado ao balcão de uma das tavernas próximas ao cais. Ainda me lembro do cheiro daquele lugar: maresia, madeira, vinho e peixe ensopado servido com grandes pedaços de pão. Era o que havia em umas das mesas onde cinco homens conversavam. Eles discutiam em um tom preocupado, pareciam não concordar totalmente sobre algum assunto. Até que ouvi claramente:

— Sim, iremos até a costa daquela terra e levaremos a mercadoria à colônia. É muito dinheiro, não podemos dispensar! Está tudo acordado com eles, venderemos a mercadoria no Brasil e retornaremos com os bolsos cheios a Portugal.

— Mas eles são perigosos! — disse um dos homens. — Não têm escrúpulos, moral ou fé. Negociar com aqueles negros é um negócio sem qualquer garantia. O senhor tem certeza, capitão? Quando chegarmos lá, o senhor saberá como conduzir o negócio?

— Duvida de mim? Sei exatamente aonde ir, com quem falar e como comprar a mercadoria para levá-la à colônia. A garantia do negócio com os selvagens é o fio de minha espada. Se você tem medo, esqueça o ouro e as riquezas. Vá até uma abadia e viva entre os padres!

• • •

— Enquanto isso, você ouvia a conversa e pensava única e exclusivamente no dinheiro. Não se preocupou com o perigo ou com o que seria feito com os "selvagens" que seriam levados à colônia. Sempre foi sobre isso que se tratou sua existência? Dinheiro? — perguntou o guardião, enquanto o quiumba narrava sua história e revivia outra encarnação.

Ele, de fato, revivia cada minuto relatado, pois precisava ver e sentir tudo o que havia acontecido anteriormente para compreender melhor o todo.

— Neste caso, não totalmente. O dinheiro era importante, sim, mas eu queria a aventura e, sobretudo, o reconhecimento. Hoje, porém, vejo que o dinheiro determinou minha queda. Eu não entendia muitas coisas, principalmente o que riqueza e poder significavam. Talvez por isso, essa tenha sido uma busca tão constante.

— E a respeito da "mercadoria" que tanto queria buscar na África? Tem consciência de que tratava-se de seres humanos e de que a escravidão é um dos maiores males que acompanham a humanidade?

— Na época, não. Nós os tratávamos apenas como mercadoria. Havia mais comoção até com animais. Hoje, percebo o tamanho da ferida causada à humanidade por aqueles e por todos os períodos em que povos escravizaram seus inimigos derrotados em batalha. Para mim, era como buscar uma mercadoria de valor que poderia ser revendida a bom lucro na colônia. Só hoje vejo o quão errado estava. Nunca havia pensado sobre isso, nem em minhas outras vidas no plano material.

— Parece que temos, enfim, uma pequena demonstração de consciência — disse, seriamente, o guardião postado ao lado de nosso irmão. — Vamos, continue. Após todo esse processo, depois de observar novamente cada situação em cada encarnação e de ter a oportunidade de avaliar suas atitudes e compreendê-las, terá a oportunidade de mostrar o quanto realmente entendeu. Logo, veremos se haverá redenção e evolução após a queda ou se você continuará a descer... descer até onde nem nós poderemos resgatá-lo. Cabe a você! Agora, continue sua história.

• • •

Eu queria me juntar àqueles homens. Só precisava descobrir como. Então, tentei a aproximação mais óbvia. Pedi uma botija de vinho e me aproximei da mesa. Com meu melhor sorriso no rosto, perguntei:

— Os marujos aceitam um copo de vinho? Ouvi comentarem sobre uma viagem. O mar me encanta! Gostaria de aprender e de viver uma viagem a bordo de uma grande nau. Como alguém como eu poderia estar em uma expedição marítima?

Todos eles, sem exceção, gargalharam. Parecia que eu havia contado a melhor das anedotas. Então, um deles disse:

— O mais perto que chegará do mar é molhando os pés no cais, fazendeiro. Está na sua cara que nunca nem entrou em um barco de pesca.

— Existem monstros no oceano, menino — outro completou. — Monstros que o fariam tremer, chorar e desejar a morte antes que pudesse ao menos rezar ao Criador. Agora, volte para sua mesa e nos deixe em paz. Seus ouvidos atentos às conversas alheias podem acabar lhe causando problemas, garoto enxerido.

Naquele momento, vi tudo indo por água abaixo. Percebi o quão difícil seria me aproximar daqueles homens, seria quase impossível. E, na verdade, eles tinham razão: eu mal sabia nadar. Contudo, mais uma vez, a oportunidade me bateu à porta, e eu não perderia a chance de provar meu valor. Das sombras da taverna, um homem magro e malvestido se aproximava da mesa dos marinheiros sem que eles percebessem, mas eu o notei. Percebi, inclusive, que o homem, enquanto caminhava, puxava um punhal da cintura e que, lentamente, o erguia em direção às costas daquele que parecia ser o líder do grupo, a quem todos chamavam de "capitão". O homem vinha das sombras com o nítido intuito de assassinar o capitão, e salvar a vida dele seria minha passagem para o navio. Desembainhei minha faca rapidamente. Era uma faca antiga, presente de meu pai, própria para matar cabras, e a finquei no pescoço do assassino, que deixou o punhal cair ao chão enquanto o sangue que vertia de sua garganta impregnava a madeira do assoalho.

Os homens levantaram assustados. O barulho do corpo batendo no chão e do punhal rolando para longe silenciaram todos os presentes.

— Maldita criatura vingativa! Não imaginava que ainda encontraria esse homem! — disse o mais velho entre eles. — Parece que a ânsia dele por se vingar de mim o trouxe até aqui. Como seguiu meu rastro, não sei; sei que sou grato a você, rapaz. Salvou minha vida! A partir de hoje, será meu aprendiz. Encontre-me no cais ao raiar do dia. Esperarei por você; o convés precisa ser limpo.

• • •

— Era eu — falou uma voz conhecida, saindo, mais uma vez, de uma luz azulada. — Você me salvou em Lisboa e me matou em Londres. Eu lhe disse que já tínhamos nos encontrado antes.

Aquele a que nosso irmão chamava de Cara-de-Peixe estava novamente ali. Com seu limpíssimo uniforme branco e uma barba negra muito bem cuidada, ele pitava um longo cachimbo.

— Você foi meu aprendiz em Lisboa. Navegamos juntos, mas nossa história naquela encarnação não termina por aí. Você verá. Que lhe seja permitido adiantar até o ano em que partimos para a costa da África, dois anos depois de você começar a aprender tudo o que podia sobre navegação comigo. Vamos para o mar, meu caro, onde nossa aventura começou e onde tantas situações surgiram. Tudo o que viveu, seja como nobre na Inglaterra ou como traficante no Rio de Janeiro, é fruto da Lei de Causa e Consequência. Por desígnio do Criador, assim como tantas outras coisas, foi no mar que fez escolhas que lhe trouxeram consequências negativas por séculos.

DAS TREVAS AO FOGO DIVINO

COSTA DA ÁFRICA

1558

Enfim, estava no mar. O vento em meu rosto, o balanço das ondas, o cheiro do oceano, o som da agitação das velas e até o ranger das tábuas do velho, porém forte, navio me encantavam. Apesar de ser apenas um aprendiz e de saber que logo chegaríamos à costa da África, eu não tinha a menor ideia do que aconteceria dali em diante, mas estava feliz. O velho marujo, que eu havia salvado de uma punhalada nas costas na taverna em Lisboa, comandava o navio. Durante dois anos, aprendi tudo o que precisava saber para começar a viajar pelos mares. Ele sempre foi um bom homem para mim. Gostava de contar histórias e de beber rum, fumava um cachimbo e tinha uma longa e espessa barba já embranquecida pelo tempo. Todos os homens o respeitavam, não só por seu conhecimento náutico, mas por sua honestidade e bom coração. O capitão era um verdadeiro líder. Ele seria nosso guia até a enseada e conduziria todo o negócio. Então, encheríamos nossos porões, já preparados, com os selvagens comprados, água e algumas provisões, partiríamos para a colônia para concluir nossa expedição e voltaríamos ricos a Portugal.

Em uma noite calma e de pouco vento, uma noite de lua cheia e de céu claro, pouco antes de chegarmos à costa da África, o capitão me chamou até sua cabine.

— Sente-se — disse, puxando uma cadeira e me servindo uma caneca de vinho.

— Em que posso ser útil, senhor?

— Quero deixá-lo ciente do que vamos fazer e nomeá-lo responsável por deixar o porão pronto para receber a carga. Desembarcaremos usando os barcos menores; alguns homens ficarão no navio, mas você irá conosco. Na praia, haverá um negociante à nossa espera. A mercadoria já estará pronta para o embarque e não há espaço para sentimentalismo. Somos o que somos, e eles são o que são. Deus quis assim. Não deve ficar impressionado ou abalado com nada que vir ou ouvir. Depois de comprada, a carga será tratada com dignidade, preservada e levada com cuidado ao destino, pois perde valor quando danificada.

O capitão caminhou até um armário, destrancou-o e me entregou uma espada. Pediu que a levasse à praia e que não tivesse medo de usá-la caso fosse necessário. Eu nunca havia manejado uma espada antes, mas a sensação de poder que ela me passava me agradava. Sentia-me mais forte agora, mais poderoso e ansioso para chegar logo às areias da África.

Ao amanhecer, atracamos em uma bela enseada. Era um dia de sol quente e a água tinha um belo muito azul. À nossa frente, uma praia com a areia muito branca, cercada por uma densa mata, nos esperava. O capitão pediu que esperássemos para liberar os botes. Ele parecia esperar algum sinal. Assim que uma fogueira foi acesa na praia e o capitão viu o fogo, deu a ordem:

— Botes ao mar! Homens, vamos fazer fortuna!

Todos gritaram. O frenesi da riqueza tomou conta de todos a bordo. Sem pensar muito, toda a tripulação passou a trabalhar para liberar os três grandes botes que nos levariam em direção à fogueira na praia.

Os pequenos barcos balançavam muito e a água do oceano molhava nossos rostos enquanto remávamos, mas estávamos eufóricos. Avistávamos a praia e já víamos de longe a fumaça da fogueira à beira-mar. O lugar era lindo e exótico — ali, até o ar era diferente.

Amarramos os barcos na praia com a ajuda dos nativos que nos aguardavam próximos à fogueira. Homens altos, fortes, com pouca roupa cobrindo as partes íntimas, marcas pelo corpo, cicatrizes que formavam desenhos e dentes pontiagudos. Pareciam, realmente, criaturas de outra natureza. Todos carregavam lanças na mão, mas nenhum se mostrou hostil. Pareciam aguardar a chegada do navio e aquela não aparentava ser a primeira vez que faziam isso. Eram negociantes de escravos, e eram negros. Essa foi uma imensa surpresa para mim. Sempre achei que fosse um tipo de caça — pelo menos, assim contavam em Portugal —, mas era um negócio, uma compra e venda. Os negociantes pareciam felizes com nossa chegada. Todos estavam soltos, livres e incumbidos dos afazeres; não era como havia imaginado.

Nosso capitão foi muito bem recebido; mulheres com seios à mostra e pinturas tribais pelo corpo lhe ofertaram flores. Um negro alto, com muitas cicatrizes pelo corpo e dentes que mais pareciam presas, andou na direção do capitão. Ele era magro, mas forte, e trazia na mão um pesado pedaço de madeira ricamente entalhado e ornado com afiadas presas de diversos animais que deixavam aquela arma ainda mais mortal. Com um sinal de cabeça, ele mostrou uma trilha que saía da praia em direção à floresta. Os homens dele foram na frente; os seguimos em fila indiana. Eu ainda estava me ambientando, surpreso por ter descoberto que eles mesmos vendiam os negros. Estávamos indo buscar nossa mercadoria. Minha mão trêmula e suada segurava o cabo da espada com força, enquanto os insetos me devoravam. Toda a euforia virou medo e incerteza a respeito de nossa segurança. Eu estava traficando negros e só naquele instante entendi quão perigoso poderia ser.

Chegamos a uma clareira; eles estavam lá. Próxima a uma árvore ao final da trilha, havia uma lança com uma cabeça brutalmente cravada desde a base do crânio até o olho direito, por onde a ponta saía. Era um aviso aos que tentassem fugir — um aviso bastante claro, na minha opinião. Do outro lado da árvore, havia uma ave morta. Ela estava sobre uma folha e, em volta, havia comida e bebida — que não pude identificar quais eram —, mas que pareciam terem sido postas com esmero e cuidado, de forma ritualística. O sangue da ave — seria mesmo da ave? — demarcava o solo, fechando um círculo, como uma oferenda a um deus ou espírito que guardava o lugar.

A clareira era vigiada por membros da tribo muito bem armados com paus e lanças. Havia estacas fincadas no chão e, amarrados a elas, sem nenhum teto sobre a cabeça ou forro sob os pés, estavam os negros escravizados. Ficavam amarrados às estacas, tal como amarramos os animais nas fazendas europeias. Eram de todas as idades, gêneros e compleições físicas. Todos eram prisioneiros, não importava se homem, mulher, jovem, velho ou criança. Os jovens e as crianças ficavam separados, longe dos adultos. Imaginei que essa distância, além de romper possíveis elos familiares, separava o que seria uma mercadoria mais "nobre".

O capitão foi convidado a descer até o local e revisar, ele mesmo, a carga. Todos os homens, mulheres e crianças seriam colocados no porão de nosso navio. O forte homem com dentes pontiagudos apontou para baixo e, com um aceno de cabeça, mostrou o caminho. Eram centenas de negros. Eu não sabia como nosso porão aguentaria uma carga daquele tamanho acomodada em condições humanas. Descobri, mais tarde, que as condições não seriam tão humanas e que eu seria responsável por deixá-las ainda piores. Não era uma questão de acomodar humanos, mas, sim, de estocar uma carga. O capitão apontou para mim e mais dois homens, determinando que o acompanhássemos na vistoria.

Andamos entre as estacas onde eles estavam amarrados. Passávamos por cada uma delas, o cheiro era horrível. Sangue, urina, fezes, comida podre. Alguns tinham feridas das quais saíam larvas — estes, o capitão dispensava com um gesto negativo com a cabeça. Era como se estivéssemos em uma feira ao ar livre, escolhendo animais. Passamos por um homem que parecia estar dormindo ou desmaiado, apesar de estar fortemente amarrado a um tronco de madeira. Com o cabo do mosquete, o capitão levantou o queixo dele. Um filete de sangue saía de sua boca; seus olhos estavam abertos e, quando a cabeça balançou, de seus ouvidos e nariz saíram moscas que, provavelmente, já depositavam ovos no interior do cadáver. Nosso líder abriu os braços em sinal de reprovação. O chefe da tribo deu alguns gritos e, rapidamente, dois de seus homens levaram o morto, arrastando aquele ser como um pedaço de carne entre os outros. Ao passar pela estaca onde uma mulher estava amarrada, pude vê-la entrar em desespero. Apesar de não entender o que dizia, concluí que ela estava gritando desesperadamente pela morte do marido, que agora era jogado para fora da clareira como lixo.

Após verificada e escolhida, a carga foi amarrada e posta em fila para seguir até a praia. Os botes os levariam até nosso porão e o navio os levaria até a colônia. Aqueles eram os últimos momentos, a última vez em que aquelas pessoas pisariam em seu solo, em sua terra. Em suas vidas, não mais veriam a África. Nunca mais sentiriam o ar e o calor africanos, não mais veriam suas plantas, animais, praias, montanhas, planícies, rios ou florestas. Rumavam à escravidão em uma terra desconhecida.

Comecei a embarcar os escravizados, um por um, nos botes junto dos outros homens da tripulação. Em minha direção, com os pés e as mãos amarrados, caminhou um jovem de uns treze ou catorze anos. Seu corpo nu e bem formado me chamou a atenção, despertando desejos obscuros em mim. Os olhos do rapaz eram fortes, os dentes, muito brancos e ele possuía belos atributos masculinos. Eu nunca tinha olhado para um jovem daquela forma, mas sua nudez e sua situação de servidão provocaram em mim algo novo e diferente. Eu queria possuí-lo! Ele levantou os olhos e me encarou com desprezo. Eu sorri, ele não. Fiz questão de tocar as partes íntimas dele e de senti-las em minhas mãos antes de colocá-lo no bote. Então, sussurrei no ouvido do jovem:

— Teremos uma longa viagem, você será meu brinquedo.

Apesar de ter a certeza de que ele não sabia português, percebi que ele entendeu a mensagem, pois seu olhar se tornou uma mistura de medo e ódio. Inexplicavelmente, eu gostei daquilo. Gargalhei alto quando o bote que eu guiava — com ele dentro — ganhou o mar e ele pareceu assustado com o oceano. Eu já sabia o que ia fazer.

Dois baús foram deixados na praia. Não sei ao certo o que havia dentro deles para serem o bastante como pagamento pela carga. Essa questão era restrita ao capitão e ao líder africano.

Colocamos todos a bordo. Grilhões os prendiam às madeiras do porão. Fiz questão de prender pessoalmente meu "brinquedo de ébano", o rapaz que havia chamado minha atenção no embarque da carga, em um canto escuro e solitário onde eu pudesse, durante a travessia do Atlântico, colocar em prática meus pensamentos de desejo, poder e luxúria. Servimos água fresca aos prisioneiros. Como havia nos instruído o capitão, não queríamos danificar a carga antes de chegarmos à colônia: "Eles valem mais em melhor estado", dizia o capitão.

Levantamos as velas no início da terceira noite. Por três dias, trabalhamos na costa africana, carregando o navio com a mercadoria, água e suprimentos. Dormíamos no navio, sempre vigiando a praia e sempre vislumbrando ao longe seus rituais pagãos de dança em volta da fogueira. Eram realmente fascinantes. Durante as noites, eles dançavam, cantavam, tocavam tambores e bebiam em torno do fogo. Esse frenesi, esse transe, parecia deixá-los mais fortes e confiantes a cada dia.

Ao zarpamos para mar-aberto, pude ouvir choros e lamentos vindos dos porões. O capitão nos preveniu que alguns poderiam tentar o suicídio. Vimos a costa africana ficando para trás até desaparecer no horizonte. Eles não puderam se despedir nem com um olhar; estavam em nosso escuro e úmido porão. A caminho do Brasil, nunca mais veriam suas terras novamente. Agora, bastava vender a carga e voltar rico ao reino. Pelo menos, era o que eu imaginava.

OCEANO ATLÂNTICO, ROTA DAS GRANDES NAVEGAÇÕES

1558

Alguns dias de viagem já haviam passado e eu aguardava ansiosamente um momento com meu "brinquedo de ébano", que fazia questão de deixar bem alimentado e asseado. O corpo limpo e nu do jovem me agradava. Só esperava o momento certo para possuí-lo. Contudo, enquanto isso não acontecia, tinha de cuidar dos afazeres do navio e vigiar para que não perdêssemos nada de nossa preciosa carga, nosso "ouro negro africano".

Fui um dos incumbidos a cuidar bem da mercadoria e, portanto, era um dos tripulantes que mais tinha contato com os negros. Eles falavam pouco e eram fortemente repreendidos quando conversavam. Alguns, em estado depressivo e melancólico, mal comiam. Tínhamos de cuidar para que não houvesse nenhuma possibilidade de rebelião e para que nenhum deles se mutilasse, o que faria a mercadoria ter pouco ou nenhum valor. Quanto ao "meu" jovenzinho, era calado, mas mantinha o fogo selvagem em um olhar de raiva que me excitava. Como um bom garanhão, ele aceitava a comida de bom grado e se mantinha forte, apesar das adversidades. Bem, na verdade, se manteve forte e com o fogo da ira no olhar até certa noite de tempestade.

Chovia muito e as ondas subiam ao convés. O navio chacoalhava com o mar e as tábuas rangiam com o vento. Toda a tripulação estava ocupada no convés e o capitão ordenou que eu descesse e verificasse os grilhões dos escravizados. O fundo do navio gemia como nunca entre as ondas. O barulho da água batendo no casco era forte e o mar jogava nossa embarcação de um lado para o outro como se fôssemos um joguete de criança. Os negros estavam amarrados e, em pânico, não se moviam, mantinham os olhares fixos e assustados em direção ao casco. Alguns entoavam preces, mas o barulho que o porão — já fétido e, agora, molhado — fazia era ensurdecedor. Foi então que vi minha melhor chance.

Caminhei até meu objeto de desejo, segurando-me para não cair em meio a todo aquele caos. Sem dizer nada, peguei as correntes dele, de modo que pudesse dominá-lo, coloquei-o de quatro com o rosto imprensado contra uma das vigas do navio e o possuí. Ele gritou — de ódio, não de prazer — e eu não pude deixar de gargalhar. Era como domar um animal selvagem. Os outros escravos olharam em nossa direção. Alguns tentaram se levantar, mas os grilhões e o balanço do navio não os permitiam fazer nada para me impedir. Eu era o soberano ali! Quanto mais ele gritava, quanto mais eu percebia que ele estava sentindo dor e ódio, mais prazer eu sentia. Com aquela tempestade, os gritos do meu brinquedo negro não chegariam ao convés. Possuí-o até me satisfazer por completo. Ao terminar, urinei sobre o corpo dele. Precisava marcar meu território, como o animal que era naquele momento. Deixei-o com o rosto no chão. Violentado, humilhado, molhado com minha urina e sujo com os próprios excrementos, que haviam sido expulsos assim que terminei de me satisfazer. Subi ao convés com um olhar diferente. Era o olhar de quem tinha pegado o que queria. Agora, deveria ajudar os homens e manter o barco no rumo certo para a colônia. Eu sentia cada vez mais confiança de que aquela viagem me traria o dinheiro e a glória que eu tanto almejava.

A tempestade durou dois dias e duas noites. Lutamos ferozmente contra as ondas. Nossa nau era resistente e nosso capitão, um velho lobo do mar, tinha a experiência necessária para nos comandar durante a tormenta. Porém, todo o barulho e toda a confusão gerados pela tempestade não foram de todo ruim para mim. Na segunda noite de chuva forte, desci novamente para verificar os grilhões e, maldito seja, havia perdido uma escravizada. Provavelmente, a negra havia morrido durante um solavanco de uma onda. Com as mãos amarradas, não teve como proteger a cabeça do impacto e os miolos dela ficaram espalhados pelo chão. Sangue, miolos e um de seus olhos, que havia saltado com o impacto. Os dentes dela também tinham quebrado e tudo estava misturado às fezes e à urina que não eram recolhidas havia dias. Abaixei-me, peguei um dos dentes e guardei de lembrança. Faria uma joia para me lembrar de minha aventura; usaria meu ouro e aquele dente quando ficasse rico. Cada um ostentava o tipo de animal que caçava, ora, aqueles eram os meus animais. No entanto, minha ideia de vender uma primeira carga de escravizados à colônia e depois desfrutar do dinheiro em Portugal já não era tão firme. Na realidade, já pensava na próxima expedição e em quanto dinheiro acumularia em alguns anos. Quem sabe, um dia, não me tornaria o capitão de meu próprio navio negreiro? Quem sabe, um dia, não seria o capitão daquela nau?

• • •

— Como sempre, ambição, falta de escrúpulos, de pudor, de senso ético, de qualquer valor de caridade, de amor e de respeito. Foi-lhe dada uma encarnação como o filho de um bondoso fazendeiro e veja no que você a transformou. Em poucos anos encarnado, já havia matado um homem e agora estava em alto-mar, traficando seres humanos e violentando, covardemente, um semelhante indefeso. Percebe o que tem feito com as oportunidades ao longo dos séculos? — perguntou o imponente guardião que estava ao lado do quiumba durante toda a narrativa.

— Percebo, mas não entendo como poderia ter feito diferente. Avaliando do ponto de vista que me é concedido hoje, teria mudado muitas atitudes, teria pegado estradas diferentes rumo a essa tal evolução. Minha consciência, porém, estava inebriada pela ganância e pelo vício, vida após vida.

• • •

Deixei a negra morta e desmiolada de lado; limparia aquilo depois. Fui até meu jovenzinho. Estava mais excitado do que nunca, mesmo tendo um cadáver ao meu lado com os miolos expostos. Os olhares de ódio e julgamento daqueles negros, que já tinham visto minha potência na noite anterior e que sabiam que eu repetiria a dose, me deixavam ainda mais louco pelo prazer. Cheguei até meu brinquedo no fundo do porão. Ele continuava na mesma situação da noite anterior: sujo, com os trapos que o cobriam rasgados e sem ter comido a ração que lhe fora servida durante o dia. Joguei um balde de água nele para que acordasse e para limpar um pouco daquela sujeira — a cada noite, o lugar ficava mais imundo, e alguns negros já começavam a aparentar menos força e saúde do que tinham quando saímos do litoral da África. Contudo, naquele momento, tentei não pensar nisso, tinha algo mais importante a fazer: domar meu pequeno garanhão. Segurei-o pelos grilhões e lavei as partes que usaria. Afinal, eu era um homem civilizado! A pele dele era firme e os músculos, rígidos; tinha belas pernas, um peitoral musculoso e dentes muito brancos. Não tinha quase pelos, talvez pela pouca idade, e essa juventude me agradava. Assim que eu o colocava de costas, para mim, não fazia diferença se era um rapazote ou uma mocinha. Era meu brinquedo, meu animalzinho. Dessa vez, quando o coloquei de quatro, ele resistiu menos, já não tinha forças. Somente o olhar dele não havia mudado: era de ódio misturado com impotência. Enquanto eu usava aquele jovem negro para me satisfazer, os outros me olhavam da mesma forma. Ele suportava a dor sem dar um único gemido, sem emitir um único som. Quando terminei, desta vez, deixei-o sangrando na parte do corpo que mais usei. Ele caiu de bruços, com sangue escorrendo por entre as pernas. Outra vez, cumpri meu ritual e urinei nele. Agora, porém, no rosto, para que ele parasse de me olhar daquela forma. Era minha forma de lhe ensinar sua posição ali: submisso a mim, seu dono. Talvez, isso tenha trazido tanto ódio a seu rosto.

Subi ao convés carregando a negra morta e reportei o acidente. O capitão não ficou nada satisfeito, mas anotou a perda e recomendou que, assim que a tormenta se acalmasse, eu tentasse uma amarração diferente a fim de diminuir aquele tipo de prejuízo. Calmamente, ele me explicou que as perdas faziam parte da viagem, mas que, ao final das contas, diminuiriam o total ganho por cada um de nós — e isso, com certeza, não queríamos.

Na terceira noite, a tempestade cessou. Era hora de descer, verificar um por um, mudar as amarras e, quem sabe, visitar meu garoto. Parecia tudo em ordem, exceto pelo silêncio sepulcral. Nunca tinha visto aqueles negros tão calados. Olhavam em meus olhos com o olhar de julgamento mais severo e mais cheio de ódio e de repreensão que podiam. Como de costume, caminhei até o fundo do porão, onde estava meu brinquedo. Entre as sombras, vi a silhueta dele sentada com a cabeça encostada em um grande pilar de madeira. Levantei a lanterna, que tremulava a fraca chama do óleo e apontei o foco de luz para olhar nos olhos dele. Que olhos? O crânio estava destruído! Os ossos do rosto, esfacelados e o sangue cobrindo todo o chão. Era impossível identificar o nariz, os olhos ou a boca. O negro desgraçado havia batido a própria cabeça no mastro até a morte! O maldito destruiu cada pedacinho do rosto. Havia se matado por ódio, por medo ou por vergonha. Um enorme furor me tomou completamente! Ele não tinha o direito de tirar o meu prazer de mim! Deitei o cadáver de bruços, separei as pernas geladas e o possuí uma última vez. Os negros, horrorizados, me olhavam enquanto eu me deitava sobre aquele corpo morto com as pernas abertas e o rosto destruído. Provei que, mesmo após a morte, ele era meu! Perdi a conta do tempo que fiquei ali. Larguei o corpo lá mesmo e, pela última vez, urinei na cara destruída daquele verme. O suicida seria descoberto pela manhã e eu não teria de reportar mais uma perda na carga.

Perto do meio-dia, lançamos a carcaça dele e a da outra negra ao mar. O capitão considerou que a privação da liberdade ocasionara o suicídio. Até disse que muitos negros, com medo do trabalho no Novo Mundo, recorriam a esse método. Parece que isso era comum entre os cativos. Aqueles dois virariam comida de peixe.

Ainda tínhamos muito o que velejar até a colônia. Eu só queria vender logo aqueles malditos e voltar ao reino. Esquecer aquele inferno de morte e de podridão! Havia perdido o meu brinquedo e a viagem não seria a mesma sem a minha diversão noturna. Agora, eu só pensava em quanto ouro a viagem me renderia e quantas outras eu precisaria fazer até me tornar um homem abastado.

VILA DE SÃO VICENTE

1559

Estava calor. Chegamos exaustos às novas terras. Ancoramos em uma calma enseada algumas horas antes do alvorecer e adiantamos os preparativos para o desembarque. Apenas quando o sol nasceu pude vislumbrar a magnitude do lugar. Até esqueci que minhas roupas estavam imundas, que eu estava com fome e que aquele negro insolente tinha esmagado o próprio crânio. Só conseguia contemplar a bela paisagem. Seria o paraíso descrito na Bíblia? As águas calmas da baía eram transparentes e permitiam a vista da vida marinha que ali habitava. Tartarugas, peixes e golfinhos passavam próximos ao casco de nossa nau, como se estivessem curiosos com a grande embarcação. À nossa frente, erguia-se uma imensa muralha verde além da praia. Ao sopé da imensidão verde, próximo à costa, um pequeno vilarejo podia ser avistado. Fiquei olhando o sol se levantar aos poucos e iluminar aquele lugar mágico; admirei os tons de verde da mata, o branco da praia e o azul-turquesa do mar se misturando aos poucos. O som das aves e a brisa fresca do início da manhã completavam meu jardim do Éden. Acho que foi o mais próximo de paz que já senti.

• • •

— Poderia ter vivido naquele lugar e feito uma diferença positiva na formação da nação, mas escolheu trilhar outro caminho, não foi? — disse o guardião.

— Sim, foi. Como disse, apesar de me ver no paraíso, a ganância, a cobiça e a falta de limites éticos e morais faziam parte de mim. Existe algo, porém, que preciso saber antes de continuar a contar minha passagem pelo Brasil e o que aconteceu na época. Eu nunca fui bom? Até agora, me foi mostrada uma vida como traficante e assassino; outra, como viciado e assassino e, neste momento, narro minha trajetória como negociante de vidas humanas. Só vim a este mundo para praticar o mal?

— Não. Definitivamente, não — falou, enfaticamente, o guardião com a longa capa preta. — Porém, houve um momento de queda moral. Depois, você vagou durante muitos anos por regiões umbralinas muito densas até lhe ser concedida a oportunidade de reencarnar no reino mais próspero da Terra na época, em um lugar calmo onde pudesse se redimir. Assim, voltou como o filho do fazendeiro português, mas escolheu se tornar um assassino vendedor de gente. Outra chance lhe foi dada como filho do nobre inglês, mas escolheu se tornar um viciado que mata por vingança. Então, você escolheu reencarnar no Brasil, em uma comunidade carente. No entanto, mesmo dotado de inteligência e de todos os atributos de que precisava para evoluir ali e para fazer o melhor pelo lugar e por tantos espíritos que ali habitavam e que eram reencarnações outrora prejudicadas de alguma forma por você, escolheu ser um traficante assassino.

— Então, por que não me lembro de alguma vida em que tenha sido uma boa pessoa?

— Porque a queda lhe tirou as memórias das virtudes, mas, se você quer saber o que aconteceu, eu permito.

Em um movimento rápido, ele passou a capa diante dos olhos do quiumba, e ele já não estava mais ali.

DAS TREVAS AO FOGO DIVINO

BABILÔNIA

562 A.C.

Óleos aromáticos, incenso, barulho de tochas crepitando. Sombras dançavam nas paredes de pedra enquanto eu fazia anotações em um pergaminho antigo. Ervas, essências, soluções e poções ocupavam a grande mesa de pedra onde eu trabalhava. Eu dominava aquela arte. Dominava a arte antiga da magia, e a dominava em nome e a serviço do Grande Deus.

No templo do Grande Marduk, os enfermos procuravam por mim. Meus elixires, poções, pós e unguentos traziam alívio e saúde àqueles que, antes, sofriam de variados males do corpo, da mente e do espírito. Minha vida era totalmente dedicada a essa missão. Não havia dia ou noite. No templo, eu estava sempre preparado para receber e trazer acalanto àqueles que porventura precisassem.

Minha dedicação àquele ofício sagrado era tamanha que deixei outras importantes áreas da encarnação em segundo plano. O templo e o Grande Deus Marduk eram minha vida. No entanto, na época, eu tinha uma linda esposa da qual deveria cuidar e pela qual também deveria zelar. Como curandeiro, era tão dedicado a cuidar da saúde e do bem-estar dos fiéis do Deus Marduk que não percebi quando, sutilmente, a energia da doença começou a se apoderar do corpo físico de minha amada. Fui relapso até o dia em que, após uma longa estada no templo, cheguei à nossa morada e a encontrei no leito, ardendo em febre, já delirando.

Só então recorri desesperadamente às ervas, aos óleos, às tinturas e a todos os artifícios que conhecia. Por inúmeras noites, clamei ao Grande Deus a recuperação de minha esposa. Clamei aos prantos, mas nenhuma erva, nenhum feitiço, nenhum clamor puderam evitar a passagem dela. A sentença de Anu foi rápida. Em poucas luas, vi minha bela mulher definhar e morrer. Entretanto, meu conhecimento era grande e meu amor também. Eu não aceitaria a sentença dos deuses! Precisava trazer meu amor de volta do submundo. Eu conhecia os rituais antigos trazidos pela grande serpente e faria qualquer coisa para ter de volta o amor da minha vida. Não era justo que ela permanecesse com os mortos.

Conservei o corpo de minha esposa em óleos aromáticos enquanto estudava os antigos rituais. Rituais banidos de nossa cultura havia muito tempo, pois lidavam com a morte. Hoje, vocês os chamariam de necromancia. Mantive as portas do templo fechadas, já não me importavam as pessoas que sofriam com suas dores do lado de fora e que formavam filas à espera de meus remédios. O curandeiro do templo já não existia, aquele que trazia as dádivas de saúde dos deuses a seu povo, agora, trabalhava única e exclusivamente para trazer a esposa de volta do reino dos mortos. Reunia os elementos necessários, mantinha o corpo dela intacto e estudava, buscando as invocações a serem feitas e as energias a serem manipuladas. Lia e relia antigos textos escritos na língua dos próprios deuses — sim, eu dominava aquela língua e lia os textos proibidos. Noite após noite, eu falava com o corpo morto como se ela ainda estivesse ali. Não a deixava sozinha e jurava que tudo ficaria bem, que a passagem dela pelo mundo sombrio da morte acabaria e que ela voltaria para mim.

Cheguei até um antigo pergaminho que mostrava o que faltava para que eu concluísse meu plano. Era óbvio: precisava do sangue puro de uma virgem. Era o que eu precisava oferecer, era o sacrifício que os deuses antigos pediriam em troca da vida de minha esposa voltar a pulsar naquele corpo morto. Meu tempo estava acabando, precisava agir rápido, pois, apesar de todos os meus esforços, o corpo dela parecia, a cada dia, mais com um cadáver, tornando-se cinza e inchado. Já começava a expelir gases e fluidos, mas eu a beijava todas as noites.

Naquela noite, saí pela cidade. Camuflado nas sombras e espreitando entre as vielas, meu longo manto negro se arrastava por aquela metrópole antiga com seus jardins opulentos. Sim, eu vi os jardins da antiga Babilônia com todo o seu esplendor.

Achei uma casa cuja família dormia em paz. Eles tinham uma menina de não mais que dez ou doze anos. Eu sentia o cheiro da inocência e da pureza. Como um ladrão, consegui entrar na casa no meio da madrugada, quando todos dormiam tranquilamente. Não foi difícil retirá-la do leito depois de dopar todos na casa com o aroma de uma de minhas poções. Tomei-a nos braços para que pudesse levá-la na escuridão. Os lindos cabelos negros da menina cheiravam às flores dos jardins da Babilônia e caíam sobre os ombros dela. Enquanto eu a carregava pelas vielas até o templo, aquele corpo jovem e quente aquecia o meu peito. Ela dormia tranquila e profundamente — ninguém jamais suspeitaria o que havia acontecido. Nunca desconfiariam que o curandeiro do Templo do Grande Deus, aquele que, em nome Dele, curava os enfermos, havia levado uma criança do seio de sua família.

Eu deveria mantê-la no templo enquanto preparava o ritual e esperava que no céu os deuses posicionassem a lua. Ela deveria ficar na mesa cerimonial, limpa e alimentada, pura e casta. O corpo da moça não deveria ter contato com roupas ou qualquer outro tipo de ornamento. Os deuses a queriam imaculada. Por isso, eu fazia com que ela passasse a maior parte do tempo dormindo. Nos poucos momentos em que acordava do torpor, ela chorava, pedia em nome de todos os deuses para voltar para casa, perguntava por que estava ali e pedia que eu cobrisse seu corpo nu. Friamente, eu ignorava todo o sofrimento. A causa era maior, o motivo era grandioso. Olhar para ela, nua e adormecida sobre a tábua de pedra, era como contemplar a mais pura e bela das flores. O corpo de menina estava se transformando no corpo de uma linda mulher, e isso agradaria os deuses. Seria a oferenda perfeita e capaz de trazer meu amor de volta do mundo dos mortos. Vislumbrar aquela pureza me trazia a certeza de que tudo daria certo.

Alguns dias se passaram, algumas noites em claro se foram até que eu tivesse tudo pronto para o rito que traria minha esposa de volta para mim. Com tudo pronto, ergui a adaga cerimonial com a lâmina de obsidiana negra. A jovem deveria estar acordada para o ritual final, e ela gritava sem entender por que eu abria lentamente sua pele macia e jovem, mantendo a vida no corpo o máximo de tempo possível. Assim, poderia fazer corretamente todas as invocações enquanto a lâmina corria pelo corpo da menina. Tudo teria de ser perfeito. Um corte que começava no pescoço e ia até as partes íntimas, passando por todos os centros de energia, foi feito com precisão. O grito dela foi logo sufocado pelo sangue na garganta, que verteu pela mesa e foi armazenado em um tacho de cobre para ser ritualizado. O coração dela foi arrancado e oferecido aos grandes deuses do passado. O templo estava profanado! O lugar sagrado onde, antes, havia cura e alegria, agora, presenciava a morte. Meu desejo de ter minha esposa de volta ultrapassou minha noção de missão para com os deuses que outrora dava propósito à minha vida.

Peguei, cuidadosamente, partes do sistema reprodutor da menina, retirando-as da cavidade abdominal ainda quente. Eram partes importantes que eu necessitava para simbolizar o renascimento através da pureza. Levei os óleos, as ervas, o sangue e o pergaminho, que continha as últimas invocações, para um dos mais secretos aposentos do templo, onde eu havia conservado o corpo. Iniciei a leitura do texto final, que estava em uma língua tão antiga e sagrada que quase fora esquecida — até mesmo pelos sacerdotes, a classe que outrora a havia dominado.

Foi então que senti um vento frio que percorreu todo salão, meu corpo e minha alma. Todas as velas se apagaram e o silêncio se fez por alguns instantes. Esperei alguns segundos para que minha energia se reestabelecesse, pois me sentia fraco e drenando. Com ansiedade, acendi novamente as velas que estavam ao lado do corpo de minha esposa para que pudesse ver, mais uma vez, meu amor com vida; esperava ver seus olhos brilhantes, sua pele corada e seu sorriso alegre de novo.

Lentamente, vi os olhos dela se abrindo, mas não eram olhos humanos: eram os olhos de uma serpente. Vi a boca dela se contorcer em uma expressão de dor e ódio; o corpo cinza se contrair e o cheiro dos fluidos da putrefação se espalhar pelo ar, enquanto ela urrava, gritavas e sibilava. A criatura que eu havia trazido de volta, profanando o Templo do Grande Deus, não era minha esposa. A menina havia sido sacrificada, mas minha amada não estava de volta. Não era a mesma, era um demônio, um espírito maligno que, vindo do mundo dos mortos, tomara posse do corpo de minha amada por meio de um antigo ritual profano. A criatura voltou no lugar dela! "Que os deuses tenham misericórdia de minha alma imortal, pois preciso finalizar a barbárie que iniciei", pensei. Aquela criatura não poderia ficar em nosso plano material. Sequer poderia imaginar o tamanho dos desequilíbrios que tão odiosa magia poderia trazer. Nem poderia imaginar as consequências de meu ato: trazer do mais profundo abismo do mundo dos mortos um ser que nem forma humana possuía para habitar o corpo morto de minha amada. Aquilo deveria ser finalizado, tamanha ofensa aos deuses. Aquele ser não poderia continuar a existir.

Peguei novamente a adaga cerimonial, uma peça sagrada que havia sido profanada pelo assassinato cometido em nome de uma esperança cega no retorno de minha amada. A criatura se mexia sobre a mesa, tentando se levantar, mas era contida pelas amarras que a mantinham presa. Enquanto se debatia, fluidos escapavam do corpo e o cheiro de decomposição se espalhava pelo templo com cada vez mais intensidade, era um sinal de que aquele lugar jamais voltaria a ser usado para fins puros ou santos. Sem conseguir encarar os olhos malignos da criatura que tomara o corpo de minha esposa, cravei o punhal em seu peito. Nenhum sangue escorreu. Já não havia sangue a escorrer. Retirei o punhal do peito dela e, da boca onde antes eu tinha escutado palavras de amor, ouvi um grito de ódio que ecoou por todo o templo. O cheiro que saía daquela boca era o odor do submundo. Eu precisava terminar logo! Então, cortei o pescoço daquela que um dia fora minha mulher. Sim, decapitei minha esposa morta e possuída por um espírito maligno. Silêncio se fez.

No entanto, nem tudo estava resolvido. O que eu havia feito era algo com que eu não conseguiria conviver. Tomei em minhas mãos óleos inflamáveis que antes eram usados em nome da bondade e da saúde, espalhei sobre o corpo decapitado e pelo templo e, então, lancei sobre ele uma das tochas que estava presa à parede. As labaredas subiram. Era hora de resolver aquilo comigo mesmo! Joguei o restante do óleo sobre minha própria cabeça e senti o calor envolver meu corpo. A dor e a agonia de ter o corpo em chamas não podem ser descritas. Tentei gritar por misericórdia, mas era tarde! Meu corpo se transformou em uma gigantesca fogueira que pingava fogo enquanto ardia. Já não era possível respirar. Todo o templo estava em chamas. A criatura estava destruída e o necromante que a havia trazido para o plano material também. Porém, também estava destruída toda uma encarnação de serviço e de amor aos semelhantes e aos deuses. O fogo no Templo do Grande Deus fez a noite virar dia na Babilônia. Foi minha primeira queda, e eu conviveria com as consequências dela por séculos sem fim. Um desequilíbrio provocado não por amor, como imaginei à época, mas pelo uso sem critério do conhecimento e por não entender que a morte dela também havia sido consequência da minha falta de cuidado e de atenção.

Hoje, entendo que a morte da carne pode ser algo difícil de aceitar quando se está encarnado, mas é um processo pelo qual todos passamos inúmeras vezes e faz parte da trajetória de evolução de cada um.

• • •

—Você quer aplausos? — perguntou o guardião.

Era como se o quiumba estivesse acordando de um sonho. Quando voltou do transe por meio do qual recordou aquela encarnação, estava novamente sentado à mesa com os dois que o vigiavam. Um deles se levantou sem dizer absolutamente nada e se dirigiu à porta. O outro, o que sempre usava uma bela capa, uma cartola e mantinha um charuto entre os dentes, disse-lhe, enquanto soltava uma longa baforada de fumaça na direção de nosso irmão:

— Então, após o assassinato da menina na Babilônia, depois de invocar espíritos desequilibrados e malignos e de suicidar-se, ateando fogo ao próprio corpo e transformando-se em uma gigantesca fogueira, você vagou por séculos, perdido em planos criados por suas próprias crenças. Inúmeras foram as tentativas de socorro até que você pudesse ser reequilibrado a ponto de ter em uma nova encarnação a chance de acertar algumas "pontas soltas" da trajetória. Durante muito tempo, tudo o que você via era fogo. Tudo o que conseguia sentir era o fogo escorrendo, pingando junto com o óleo que usou e com o seu próprio corpo.

Após uma breve pausa, continuou:

— Teve a chance de fazer algo por aquela mesma menina, antes assassinada em sua mesa cerimonial, quando o espírito dela, em um ato de bondade, encarnou como um ser que seria escravizado para encontrá-lo outra vez. Você poderia ter dado o mínimo de dignidade a ele, não? Depois, teve a chance de cuidar da menina que assassinou quando ela voltou como sua irmã na Inglaterra. E, por fim, teve a chance de cuidar, de resgatar o que precisava com aquele mesmo espírito quando ele retornou como uma menina em uma favela do Brasil. O que você fez, porém? Devido à sua ganância e à sua sede de poder, deixou que ela se tornasse uma viciada e que fosse, em uma de suas "festas", violentada, estuprada e assassinada! Você é um fiasco! Não sei por que ainda estão dando a você qualquer tipo de chance!

Era possível ver a força da Lei nos olhos dele. Era palpável a consciência que ele tinha da gravidade de todos os desequilíbrios que fizeram parte do passado de nosso irmão e das oportunidades que ele havia recebido a cada reencarnação. No entanto, no fundo dos olhos daquele guardião da Lei, também era possível notar que ele compreendia que, acima de qualquer coisa, precisava cumprir uma missão. O olhar dele era de obstinação.

— Eu não tinha como saber! Não tinha como acertar o que não conhecia ou entendia! — Pela primeira vez em muito tempo, o quiumba chorou.

— Não me venha com suas desculpas agora! Nenhum ser encarna sabendo das nuances de sua rede. Contudo, assim que se chegam ao mundo material, o dever de fazer o melhor a cada dia deveria ser inerente a cada um de vocês!

— Você acha, por exemplo, que eu poderia libertar um navio cheio de escravizados?

— Quem foi capaz de estuprar e humilhar não seria capaz de levar um pão e uma palavra de acalanto a uma criança retirada de sua terra e destinada à escravidão? O desespero causado por você durante aquela viagem foi tamanho que o jovem sequer chegou a desembarcar no Brasil. Em função dos abusos e da violência que vinha sofrendo de sua parte, ele afundou o crânio em uma das tábuas do navio antes disso, ou não se lembra? Imagine, por um instante que seja, a situação de alguém preso, subjugado, violentado e com medo. Pense nos olhares que ele recebia dos outros escravizados naquele porão depois que você terminava o que ia até lá fazer e urinava nele como um animal. Chegar ao Brasil e libertar os escravizados para que ao menos tentassem uma vida digna no interior das florestas daquele país, talvez não fosse possível para você, mas deixar que aquele rapaz tivesse um pouco de dignidade durante o período em que estiveram no mesmo navio era suficiente. Fazer com que a vida dele fosse preservada era o mínimo!

Contudo, em nome do dinheiro e da ganância, matar seu capitão na vila de São Vicente foi fácil para você.

— Eu não o matei! Ele me ensinou tudo o que eu sabia sobre navegação! Por que eu o mataria? Ele me deu a oportunidade de desbravar os mares. Como eu voltaria para a Europa se o matasse?

— Bem, acho que você não pensou nesse pequeno detalhe — disse o guardião, gargalhando. — Não que isso tenha tido alguma importância, já que você não voltou mesmo à Europa — falou, encolhendo os ombros.

Depois de levar mais uma vez o charuto à boca, continuou:

— Você o matou, sim, meu caro! E o matou mais uma vez quando ele, por amor ao mar, resolveu encarnar em Londres como um marinheiro a quem você chamou de Cara-de-Peixe. Financiou os vícios e as desvirtudes dele e, depois, o apunhalou pelas costas e o jogou o mar, responsabilizando-o por algo que aconteceu devido às suas próprias escolhas! Porém, por mérito na evolução dele, hoje ele tem a outorga de trajar o uniforme de marinheiro na religião brasileira e trabalhar para o bem do próximo por meio dela.

— Está me dizendo que você, seu amigo da longa capa preta e o marinheiro que um dia foi o Cara-de-Peixe trabalham em uma religião no Brasil?

— Sim, de diferentes formas, mas com o mesmo objetivo.

— E qual seria o objetivo que une todos vocês?

— A caridade e o amor, que são caminhos para a evolução. A manutenção da Lei, da Ordenação e de outros fatores divinos que levam o homem à sua plenitude. Porém, na verdade, não sei se você está apto a compreender esses conceitos.

O guardião que trajava a capa preta retornou ao recinto e, em seguida, avisou:

— Não temos muito tempo, meu amigo. Ele precisa se lembrar do que aconteceu após o desembarque no Brasil e, assim, saberemos se ele está realmente pronto para tomar uma decisão com relação à própria caminhada existencial!

Ele fincou o punhal — que tinha um lindo cabo preto e dourado ornado com rubis — na mesa. A lâmina brilhante passou a reluzir a luz da vela. Depois, balançou um copo de uísque, exalando o cheiro forte da bebida, e gritou:

— Volte lá! Lembre-se!

Tudo escureceu outra vez. Ouvi os sons de um porto, o ranger de correntes e senti o cheiro do mar.

DAS TREVAS AO FOGO DIVINO

VILA DE SÃO VICENTE

1559

Havíamos desembarcado toda a mercadoria. O olhar de medo dos negros, enquanto eram expostos na pequena praça pública do vilarejo, era notável. Eles não entendiam o que estava acontecendo exatamente ali, não sabiam para onde iam nem onde estavam, só sabiam que estavam sendo negociados, vendidos. Por detrás daquela vila à beira-mar, erguia-se uma serra majestosa, uma muralha verde, e esse era nosso cenário de fundo: a mata que cercava a vila de São Vicente e separava o litoral do interior. Dessas terras mais afastadas do mar, vinham os negociantes de escravos. Na praça central, homens, mulheres e crianças, todos nus, eram avaliados pelos compradores. Nossa chegada à vila parecia bastante esperada, como se fosse um acontecimento: homens abastados de outros lugares da colônia viajaram para ver o nosso ouro negro africano. Com um chicote em punho, eu mantinha os olhos firmes em todos eles.

Eles tinham medo de mim — ou seria ódio? —, pois sabiam o que eu havia feito ao meu brinquedinho durante a viagem e do que eu era capaz. Qualquer movimento fora do padrão era severamente punido, mas tomando cuidado para não danificar a mercadoria. Mulheres tinham as partes íntimas tocadas, os seios apalpados e os dentes avaliados; homens eram analisados pelos dentes e pela estrutura física que apresentavam. Quando algum deles era considerado muito magro ou quando o comprador notava algo que não lhe agradava, o capitão, que se mostrou um excelente negociador, falava sobre a longa viagem e argumentava que aqueles corpos logo se recuperariam. Outra estratégia de venda que causava imenso desespero e alvoroço nos negros era a divisão deles em "lotes", pois as famílias costumavam ser separadas; todavia, nos gerava um lucro excelente e diminuía o tempo necessário para a venda de todos. Isso sempre criava tensão entre os escravizados, e nós controlávamos aquelas feras, segurando-as firmemente pelos grilhões, para que não atacassem os homens de bem. Com a ajuda do chicote, seus ânimos sempre acabavam controlados. Afinal, os negócios estavam indo muito bem e, naquele ritmo de venda, logo todos estaríamos em posse de nosso ouro.

Avaliando agora, o maldito negrinho até que nos fez falta. Teria nos rendido mais algumas boas moedas, pois era jovem e saudável; mas, no final das contas, havia sido bem usado, pelo menos por mim.

Existia um local apropriado para abrigar os negros durante a noite, e a tripulação ficou dividida naqueles dias. Parte de nós ficou cuidando do navio atracado na calma baía e aqueles nos quais o capitão depositava mais confiança ficaram em terra, alocados em uma estalagem para que pudessem cuidar da venda dos escravos durante aquele período. Cada lote vendido era marcado a ferro, como uma espécie de identificação de propriedade, e levado às terras de seu senhor em seguida, já munido da documentação necessária. O pagamento era feito em espécie diretamente ao capitão. Eu sabia que parte daquele ouro teria de ser reportado à Coroa Portuguesa, a maior parte seria do capitão e o restante seria dividido entre os tripulantes do navio. Foi aí que comecei a achar que a quantia que caberia a mim não seria tão grande quanto eu imaginara. Não seria o quinhão que eu merecia. Ora, eu havia feito grande parte do trabalho! Não poderia terminar a viagem com apenas algumas moedas nos bolsos. Atravessei o oceano em busca de riqueza e eu me tornaria rico! Comecei a pensar que todo aquele ouro valeria muito mais na colônia que em Portugal. Com todo aquele ouro, eu poderia ser um homem de muitas posses ali. Então, por que voltar? Por que pagar parte de todo o lucro à Coroa, que nada havia feito para merecer tal dinheiro? Por que todo aquele ouro não poderia pertencer a apenas um homem? Por que não poderia ser todo meu?

Eu já tinha entendido o movimento dos grandes senhores de terra. Vinham ao litoral acompanhados das comitivas com seus homens e cavalos, compravam os escravos e voltavam para o interior. Era isso o que eu faria. Eu me tornaria um senhor de terras no Brasil. Compraria meu título, minhas terras, meus escravos, mudaria de nome, de vida e ninguém mais me acharia na imensidão do Novo Mundo. Ainda não sabia, exatamente, como faria aquilo, mas estava certo de uma coisa: só havia um obstáculo para que eu colocasse meu plano em prática. O capitão! Eu não permitiria que ele atrapalhasse meus novos objetivos.

Estávamos na colônia havia quase um mês quando o último lote de escravos foi vendido e o capitão recebeu a última sacola de ouro como pagamento. Eu estava atento aos procedimentos e hábitos dele e estudava-o dia após dia na guarda das moedas. Precisava conhecer cada passo do capitão para elaborar e seguir um plano. Ele sempre levava as moedas para os aposentos dele na estalagem. Naquela noite, eu iria buscá-las lá. Sabia que, com as vendas encerradas, começaria o movimento de reabastecimento da embarcação para que retornássemos à Europa. Diferente de como pensava antes, agora eu sabia que não ficaria rico na primeira viagem e que, se quisesse lucrar de verdade com aquilo, teria de passar a vida no mar, buscando e trazendo aqueles negros imundos nos porões dos navios. Não era o que desejava para mim. Apesar dos bons momentos que tive com meu brinquedo de ébano, não queria uma vida inteira dedicada a atravessar os mares carregando negros. Assim que o capitão desse a ordem de preparar para zarpar, os outros homens viriam para a vila ajudar a transportar mantimentos e água para a nau. Precisava agir logo.

Eu e ele caminhamos juntos por alguns metros pelo que seria a rua principal da vila — uma estreita passagem de barro lamacento — em direção à estalagem. Entramos no salão principal, um espaço feito de madeira e iluminado por velas onde duas ou três mesas com cadeiras eram usadas para servir as refeições. Eu esperava que o capitão fosse direto para os aposentos, pois havia sido um dia cansativo e os próximos dias carregando o navio seriam ainda mais pesados, mas não foi o que ele fez. Convidou-me e chamou outros dois homens para tomarmos um copo de vinho em comemoração ao fim dos negócios e avisou que estava se preparando para dividir o dinheiro no navio, a caminho de Lisboa. Todos nos sentamos à mesa. Ele ergueu o copo e falou:

— Um brinde ao homem que me salvou de marinheiros gananciosos em Lisboa, possibilitando viagens de tanto sucesso quanto esta!

Mal sabia ele que, na verdade, só o havia salvado para conseguir uma vaga na tripulação e que, se existia alguém que o mataria por dinheiro, esse alguém era eu. No entanto, precisava ser inteligente, teria de beber e brindar com eles — o capitão era um homem astuto e, qualquer deslize, iria tudo por água abaixo.

Fizemos vários brindes, até que eu percebi que aquele velho lobo do mar já estava embriagado pelo terrível vinho daquela estalagem suja da colônia. O dono do local retirou nossas canecas e eu me ofereci para levar o bêbado aos aposentos. Apoiei o capitão pelo braço e conduzi-o até o quarto. Enquanto isso, os outros dois homens ficaram se divertindo com algumas mulheres da terra.

Uma lamparina iluminava o recinto com uma luz trêmula. O capitão se dirigiu para a cama com o saco de moedas de ouro, recebidas no último dia de vendas, ainda na cintura. Fiquei parado à sombra da lamparina, calado, observando tudo com atenção. Ele estava tão embriagado que fazia tudo como se eu não estivesse ali. Então, o capitão se abaixou e, de debaixo da cama, puxou um pequeno baú, abriu-o com uma grande chave e derramou nele as moedas do dia. Aquele barulho! O som do ouro caindo no baú fez com que eu agisse rapidamente. Quase sem pensar, saquei a espada da cintura e golpeei o pescoço do capitão. Sim, decaptei o homem com a espada que ele mesmo havia me dado a caminho da África. A cabeça dele bateu na tampa do baú e rolou pelo piso de madeira do quarto, tinha os olhos abertos e uma expressão vazia. Era o olhar vazio da morte. O corpo dele foi ao chão sem se debater. Caiu de uma vez só e, em poucos minutos, uma grande poça de sangue se formou. Puxei o baú para longe do corpo, mas, como era noite, não tinha como sair dali sem me arriscar. Deveria esperar a alvorada e sair dali antes que todos acordassem. No entanto, precisava descansar; a viagem para o interior levando meu baú de ouro seria longa e perigosa. Coloquei a cabeça do capitão sobre uma pequena mesa no quarto, empurrei o corpo para debaixo da cama e me deitei. Com a mão sobre o baú de ouro e o corpo do velho capitão debaixo da cama, me pus a descansar. Aquele ouro, que agora pertencia a mim, fez com que eu dormisse rápida e profundamente.

Acordei com os primeiros raios de sol. Sairia bem devagar daquele quarto, que agora cheirava a sangue, como um abatedouro. Parecia que todo o sangue do corpo havia sido drenado, se espalhado pelo chão e absorvido pela madeira velha do assoalho. Era difícil achar um lugar para pisar sem sujar as botas, mas eu não me importava. Por mais que suspeitassem, ninguém iria atrás de mim; nenhum daqueles homens se aventuraria a ir para o interior ou para longe do navio. Olhei para a cabeça em cima da mesa. Não havia mais expressão humana: a boca estava flácida e os olhos pálidos. A barba embolada e suja de saliva e sangue a deixava ainda menos parecida com um rosto. Segurei o pesado baú e abri a porta do quarto. Precisava sair; logo, todos estariam acordados, e uma densa neblina que vinha do oceano dificultava o cálculo da hora.

Contudo, não esperava por aquilo! Assim que abri a porta, os homens do capitão estavam no final do corredor. Voltei rápido para o quarto. Não havia tempo para esconder o corpo ou para limpar o sangue. Sequer havia tempo para negociar ou inventar histórias. Na certeza da impunidade, não me preocupei com nada! A janela era a única saída. Eles batiam à porta enquanto eu tentava sair pela pequena janela carregando o pesado baú. Assim que consegui sair, ouvi o barulho da porta sendo derrubada e os gritos de horror vindos do quarto. Realmente, era uma cena bastante impressionante. Tentava me afastar o mais rápido possível em direção à mata, mas o peso do baú não ajudava. Olhei para trás, estava sendo perseguido.

Consegui entrar na mata e me esconder entre a densa vegetação. Só tive tempo de enterrar o baú. Assim que tudo se acalmasse, voltaria para buscar meu ouro. Era isso, pelo menos, o que eu pensava.

Conforme as horas se passavam, os malditos insetos da colônia me devoravam. Cansado, com sede, sujo de lama e de sangue, eu tentava me deslocar para longe do vilarejo em meio à floresta, mas, algumas horas depois, percebi que a perseguição continuava. Ouvi o latido de cães e o som de muitas vozes. Parecia que todo o vilarejo estava atrás de mim. Eles não haviam desistido, como eu imaginei. Naquela terra quente, úmida e sem lei que era a Colônia Portuguesa do Brasil, poderiam fazer qualquer coisa comigo.

Fugi durante todo o dia. Cortei-me nos galhos, deixando um rastro para os cães, quebrei o pé nas pedras e fiquei cada vez mais lento e cansado. Quando a noite estava prestes a cair, após um dia de fuga desesperada, menos de um dia depois de ter me tornado um homem rico que compraria terras e viveria no Brasil, fui encontrado por um dos cães. Ele me atacou feroz e rapidamente. Outros três cães o seguiram no ataque. Eles rasgavam o meu corpo enquanto eu ouvia os gritos dos homens que diziam:

— Matem! Comam esse assassino vivo!

Enquanto eles devoravam pedaços de minhas pernas, eu tentava proteger o rosto. Não era útil; eles mordiam por toda a parte. Em um devaneio de dor e medo, avistei o negrinho, que eu havia violentado no navio, parado, calado, olhando os cães me devorarem. Eles pararam. Eu estava vivo ou morto? Não sei. Via vultos, ouvia sons distantes, não sentia o corpo até que notei o calor das chamas. Eles afastaram os cães, mas trouxeram tochas. Colocaram fogo em meu corpo e tudo o que eu podia ver eram as chamas. Era a segunda vez que tudo queimava. Era a segunda vez que meu corpo se transformava em uma imensa fogueira. O capitão estava vingado. E eu, estava morto no Brasil.

REALIDADE UMBRALINA

DIAS ATUAIS

— Agora, você sabe por que mandava atear fogo nos "inimigos" aqui, no alto da favela?

Eu tinha voltado àquele lugar. Um complexo organismo vivo de ruas, vielas, valas negras e becos sem-saída. Estava mais uma vez no alto do local que um dia chamei de "meu império". De cima, via tudo. Homens e mulheres iam e vinham, motos levavam e traziam pessoas e drogas, pessoas armadas se exibiam pelas esquinas e bares do local. Porém, estava diferente. Era como se anos tivessem passado desde a última vez que vira aquele lugar que antes me era tão familiar. A pobreza e a violência continuavam ali, mas o tempo havia avançado.

Então, o guardião continuou:

— Agora, compreende quanto desequilíbrio causou? Na antiga Babilônia, acessou forças negativas para trazer de volta alguém que já havia desencarnado, assassinando uma criança e, como se não bastasse, ainda colocou fogo no próprio corpo, terminando a encarnação como um suicida. Vagou por incontáveis anos até que ficasse pronto para uma nova chance em uma reencarnação.

"Em Portugal, tornou-se um traficante de escravizados. A Divina Providência permitiu que encontrasse a criança que havia assassinado — então encarnada como um jovem negro. Naquela oportunidade, poderia ter dado alento e dignidade àquele espírito que um dia tinha sido vítima de seu desequilíbrio e de sua violência, mas abusou dele até que ele enlouquecesse e tirasse a própria vida, batendo a própria cabeça nas tábuas daquela nau. Chegando ao Brasil, foi ganancioso e matou o capitão do navio. Mais uma vez, procurou a morte e teve o corpo carbonizado pela tripulação em fúria.

"Recebeu mais uma chance. Nasceu em berço de ouro na Inglaterra, com tudo aquilo de que precisava para ter seu momento de redenção. Essa encarnação foi particularmente interessante, porque você teve todas as ferramentas para se redimir. A criança que você havia matado na Babilônia voltou como sua irmã... quer oportunidade melhor que essa? Daquela vez, você a amava. Seu vício, porém, a destruiu. E o capitão? Um velho marujo não deixa o mar, não é mesmo? Ele voltou como seu amigo, o Cara-de-Peixe, que o levou ao ópio. Talvez, aquela tenha sido uma tentativa inconsciente de destruir a sua vida como você tinha feito com a dele; ou, talvez, ele procurasse, junto a você, redenção pelo mal que vocês causaram, traficando seres humanos através do Oceano Atlântico. Ambos se perderam, mas você era hábil e cruel. A propósito, você foi cruel muitas vezes! Matou o marujo novamente. Jogou o corpo dele ao mar e só a Grande Mãe da Geração sabe o que ele passou para hoje poder trajar aquele uniforme branco. E, mais uma vez, você vagou por anos, sendo preparado para mais uma oportunidade, pois cada encarnação é uma chance única.

"Reencarnou no Brasil, no país no qual um dia planejou se tornar um grande senhor de terras e acabou sendo morto. Voltou em uma comunidade carente, como muitas no país, onde você poderia ter feito a diferença. Sim, um espírito antigo e com tanta bagagem deveria conseguir fazer a diferença em uma comunidade de pessoas necessitadas de caridade. A criança, aquela mesma que você havia matado na Babilônia, nasceu na mesma época e na mesma comunidade. Você cuidou dela? Não! Você traficou as drogas que a tornaram uma viciada e promoveu a festa na qual ela foi estuprada e morta. Seu império estava alicerçado sobre o vício, a violência e a morte, e foi traído. Traído por quem? Pelos mesmos homens que antes faziam parte da tripulação e que nunca puderam voltar a seus lares, pois seriam acusados de assassinato pela Coroa Portuguesa. Homens que tiveram de passar o restante dos dias como párias na colônia e morreram odiando o maldito ganancioso que matou o capitão e os condenou à vida no Brasil, longe da família. Eles terminaram a vingança deles aqui, nesta favela, afinal, 'é muito dinheiro, muito poder'. Lembra-se dessa frase?"

— Eu posso consertar tudo isso! Deixem-me voltar outra vez. Farei tudo direito! Agora, entendo coisas que antes sequer poderia imaginar.

Durante esse meu último apelo, percebi que o ambiente começava a mudar. O guardião fazia um leve movimento com a mão esquerda enquanto segurava uma longa espada na mão direita; agia como se estivesse atento a outra situação, como se eu nem estivesse ali. Enquanto a mão dele se movia, o cenário se modificava. Era como se ele pudesse moldar passagens entre planos paralelos, como se, com o movimento de um dedo, ele pudesse alterar parte da realidade. Foi então que, vindas de todos os lados, criaturas começaram a aparecer. Centenas, talvez milhares, de corpos em chamas, sangrando, cortados de todas as formas imagináveis, em todos os estados de decomposição possíveis. Eles caminhavam e se arrastavam em minha direção. Jovens com a pele ainda rosada e o olhar fixo, característico dos drogados, se misturavam a cadáveres podres e incompletos e a corpos carbonizados, que se moviam lentamente. Eles gritavam com ódio e se aproximavam cada vez mais de mim. Eles queriam vingança; isso estava claro em seus olhos mortos.

Calmante, o guardião acendeu um charuto. Eu estava horrorizado. Eles iriam me destruir e estavam cada vez mais perto. Ele baforou a fumaça na minha direção e eu senti cheiro de conhaque. Como se nada estivesse acontecendo, perguntou:

— Acha mesmo que ainda pode consertar isso?

Eu não sabia o que responder. Estava em pânico, paralisado. Não tinha uma resposta para aquela pergunta, mas queria muito consertar tudo. Era meu mais profundo sentimento: a redenção.

Então, senti uma mão puxando meu braço. Um homem negro, gordo e com um tiro no olho me puxava na direção dele. Parte do cérebro escorria pelo buraco de saída deixado pela bala na lateral da cabeça dele. O guardião refez a pergunta:

— Acha que pode resolver, pelo menos, com esse aí? — indagou ironicamente, enquanto calmamente tragava o charuto.

— Não! Dessa forma, não! — gritei.

— Pode abrir o portal, meu compadre — disse o guardião, sem alterar o tom de voz. — É a hora!

Da escuridão, o guardião que usava a capa preta surgiu e, com um movimento rápido, abriu um vórtice de chamas roxas que me puxou e me transportou para um lugar diferente. As criaturas que queriam me destruir não estavam mais lá. Eu nunca havia estado em um lugar parecido; demorei alguns minutos tentando reconhecer tudo à minha volta. Nada me era familiar.

DAS TREVAS AO FOGO DIVINO

REINO DO FOGO

DIAS ATUAIS

Tudo ali era diferente. Permaneci um tempo no chão, confuso, devido à passagem repentina pelo vórtice de energia que nos levou àquele local.

O chão, formado por pequenas pedras pretas, era seco e escuro — não havia terra, somente pedras e rochas. Uma vastidão negra e rochosa. Parecíamos estar em um vale. No horizonte, por todos os lados, vulcões se erguiam e iluminavam o céu em tons de laranja-avermelhado. Eram eles que formavam aquele solo escuro. Alguns apenas lançavam fumaça pelo ar, outros deixavam que lava incandescente escorresse por suas encostas O céu também era completamente diferente de tudo o que já tinha visto. Era negro e refletia a cor alaranjada que saía das crateras. Apesar de exótico, tudo me parecia bonito. Mesmo cercado por vulcões, a sensação era de ordenação e equilíbrio.

Tentei me levantar, apoiando-me em uma das rochas. Os guardiões olhavam para o horizonte, como se procurassem um sinal, um caminho. Foi quando, de novo, me surpreendi. Um grande lagarto bastante incomum saiu de trás da uma pedra quente e escura: o corpo dele estava em chamas! Na verdade, o corpo dele era feito de chamas muito densas.

— Salamandra — explicou o guardião ao perceber minha surpresa. — Elas consomem energias negativas por meio de suas chamas. Algumas delas nascem nesses vulcões. São inofensivas a você, por ora.

— O que viemos fazer aqui? Por que me trouxeram a este vale? — perguntei, ainda muito confuso.

— Viemos encontrar alguém que pode ajudá-lo em seu processo de redenção. Aqui, poderá ser o início de sua ascensão, meu caro. Daqui, poderá começar sua caminhada em direção ao reequilíbrio de todos os negativismos que causou ao longo das muitas encarnações... se realmente estiver disposto a isso, é claro.

— Como poderia ser? Como em um lugar sombrio, repleto de vulcões que cospem lava incandescente, com um céu negro e lagartos de fogo, posso tentar me redimir? Por que vocês mesmos não me ajudam?

— Não são lagartos de fogo — comentou o sério guardião com o punhal e a capa preta. Era de longe o menos falante. — São salamandras, seres elementais do fogo, e esta é a última vez que lhe explico isso. E, sim, a partir deste lugar que julga sombrio, poderá começar sua caminhada, se quer mesmo alguma redenção. Porém, entenda que essa redenção começa com o trabalho caritativo e com a aplicação da Lei Maior.

Nós dois o ajudamos em tudo o que podíamos. Contudo, a lei da afinidade energética o trouxe a esta falange de trabalho. É aqui, com seus novos irmãos, que aprenderá tudo o que precisa para essa nova etapa, servindo ao próximo por meio do trabalho na religião brasileira. Pode se tornar, nas trevas, um trabalhador da Luz, se fizer por merecer daqui para a frente.

— Cada vez, entendo menos! Nova etapa? Nova religião? Vou reencarnar?

— Essa não é uma possibilidade — falou, sorrindo, o guardião mais robusto, o que sempre tinha uma cartola muito bem arrumada e um charuto entre os dentes muito brancos. — Temos sorte; não seremos nós os incumbidos de lhe ensinar nada sobre sua nova etapa. Você é lento, demora a entender as coisas. Portanto, ande! Vamos encontrar aquele a quem responderá... se realmente quiser arrumar todos esses séculos de desequilíbrios. Ele será seu mestre e seu tutor, e vai guiá-lo nessa jornada se você aceitar. O livre-arbítrio é uma lei. Entenda, essa é a sua última chance antes de se aproximar dos seres bestiais para os quais, inevitavelmente, sua energia o atrairá quando começar a sofrer em suas ilusões umbralinas os ataques de todos aqueles que desejam vingança contra você. Ou aceita essa missão para se redimir ou se tornará uma daquelas feras que certa vez encontrou.

— Eu desejo a redenção! Já compreendi todo o mal que causei. Se ser tutorado por esse a quem me levam é minha única saída, assim será.

Atravessamos o vale na direção do maior de todos os vulcões. Eu tentava perceber tudo à minha volta, mas eram muitas informações ao mesmo tempo. Crateras explodiam, salamandras passavam, trovões ecoavam. Por um momento, pude até jurar que os raios formavam figuras no céu, como se escrevessem sinais na escuridão do firmamento escuro. Não havia sol ou lua, toda a luz provinha do fogo dos vulcões que pareciam dar vida àquele lugar.

A caminhada foi longa, cheia de subidas e descidas. Parecia uma provação: e eu sentia sede como nunca. Sede e calor. Passamos por uma ponte de pedras e, por baixo dela, corria um rio de lava do qual saíam mais e mais salamandras. Nada parecia surpreender os guardiões. Em determinado ponto, já perto do vulcão, pude avistar ao longe o que parecia ser uma formação militar. Centenas de "soldados" alinhados, seguindo todos na mesma direção. Estava longe para identificar qualquer detalhe, mas era nítida a presença do fogo entre eles — ou seria neles? Pude perceber também seus uniformes, que, por serem longas capas brancas e vermelhas, contrastavam com o fundo negro e pedregoso do chão debaixo de seus pés. Eles estavam montados em cavalos. Os corpos e as crinas dos animais também eram feitos de fogo ou eu estava delirando?

Os dois guardiões estavam bastante calados. Durante a marcha, minha percepção era a de um silêncio respeitoso, como se falar naquele momento não fosse papel deles. Como se, realmente, a missão deles comigo estivesse próxima do fim.

Chegamos ao sopé do maior dentre os vulcões onde havia um forte, cujas enormes paredes negras de rochas vulcânicas faziam com que sua arquitetura quase se fundisse à paisagem. Dois grandes homens esperavam em frente a um gigantesco portão de aço. Cada um deles segurava um longo machado, maior que a própria altura. Sem dizer uma palavra, eles cruzaram os cabos dos machados quando nos aproximamos. Nesse exato momento, chamas surgiram nas lâminas dos machados das sentinelas do portão.

— Salve o Divino Trono da Justiça! Salve a Falange do Fogo! Viemos trazer o candidato. Somos esperados.

A voz do guardião parecia soar tão grave e poderosa quando se dirigiu aos guardas, que eu mesmo me surpreendi. Emanando autoconfiança, ele recolocou o charuto na boca e soltou uma longa baforada. Imediatamente, os machados foram descruzados e o portão de ferro se abriu.

Os guardas à frente da torre responderam:

— Salve o Divino Trono da Lei! Salve a Falange de Tranca-Ruas! Salve o Divino Trono da Fé! Salve a Falange de Capa Preta!

Eu não entendia bem aqueles cumprimentos, mas pareciam fazer parte de alguma formalidade necessária entre eles. Talvez fosse o reconhecimento de que, apesar de pertencerem a diferentes "ordens", eles tinham missões semelhantes.

Com um aceno de cabeça, seguimos para a parte de dentro do forte.

FORTALEZA DO FOGO

DIAS ATUAIS

Entramos em um pátio de proporções fabulosas. Rodeado de colunas que pareciam feitas de mármore negro, havia um grande poço em chamas bem no meio. O poço era decorado por pedras negras à volta e emanava luz em meio àquele lugar tão escuro. A fortaleza era, ao mesmo tempo, misteriosa e imponente. Na parede à frente, dois grandes machados cruzados e sobrepostos a um grande tridente serviam de ornamento e emanavam a luz do fogo. Das sombras de uma das pilastras, usando um manto branco e vermelho, apoiado em um grande tridente e trazendo na cintura um ornado machado de guerra, um homem alto e forte se revelou. Ele tirou o capuz e, quando olhei em seus olhos: fogo. Eram como duas labaredas.

— Boa noite, sejam bem-vindos! — disse ele, sorrindo.

— É este — falou o guardião que me acompanhou por toda a jornada, referindo-se a mim.

— Então, esse é o que foi mago na Babilônia e incendiou o Grande Templo? Foi esse que se queimou em vida, que foi queimado em vida e que mandou queimar tantos em vida ? Esse que, de forma tão desequilibrada, usou o elemento fogo? Meu caro — disse ele, olhando no fundo de meus olhos —, quero deixar algo bem claro neste momento. Você tem a chance de trabalhar por sua redenção, de servir a este exército que trabalha pela Lei em nome do Trono da Justiça Divina. Tem a chance de deixar séculos de sofrimento para trás. Porém, aqui não há espaço para qualquer deslize. Não haverá outra chance! Somos muitos, mas somos um e trabalhamos como um. Quando se torna um de nós, torna-se parte do todo. Qualquer falha o levará novamente aos vales imundos que você habitava anteriormente.

— Estou disposto e eu imploro por essa chance! Não me mandem de volta!

Apesar da seriedade daqueles homens, eu já me sentia mais seguro entre eles. A sensação era a de que estava lidando com os seres mais sérios e leais que jamais havia conhecido.

Como se pudesse ler meus pensamentos e sentimentos, o guardião disse:

— Sim, você está lidando com lealdade, seriedade, lei e justiça. Está lidando com estes fatores como nunca lidou antes.

Em seguida, sacou o machado e caminhou lentamente em minha direção. Com o cabo de madeira, me conduziu até perto do poço.

— Esta chama vem do coração do vulcão — disse o homem com olhos de fogo. — Vitaliza este reino ao mesmo tempo que consome todo o negativo que nos é encaminhado. E é assim que devemos começar: consumindo o negativo.

Quando ele terminou de proferir aquelas palavras, centenas de salamandras saíram das chamas do poço e seguiram diretamente para o meu corpo a uma velocidade que jamais imaginaria. Quando percebi, estava repleto delas. A sensação era a de que eu estava sendo queimado vivo novamente; porém, estava morto. A dor era insuportável, mas meu corpo não queimava. Comecei a me debater e a tentar tirar aqueles lagartos de cima de mim. Ouvia os três gargalharem enquanto eu queimava. Sentia o cabo do machado nas minhas costas e não enxergava nada além do fogo. Perdi o equilíbrio por um momento e senti que, depois de tropeçar na borda, eu caía no poço, caía nas chamas, caía no corpo vivo do vulcão. Pensei que seria o meu fim. Fora levado até ali para ser, mais uma vez, destruído pelo fogo?

No poço, revi muitas cenas de vidas anteriores. Vi o templo em chamas; vi minha então esposa morta sobre a mesa de pedra com o corpo apodrecendo; vi o próprio templo se desfazer. Vi o menino negro escravizado me olhando enquanto eu queimava no Brasil; vi a cabeça do capitão repousando na mesinha daquele quarto de estalagem na Vila de São Vicente. Vi minha irmã morta; vi o Cara-de-Peixe tendo a garganta cortada no porto de Londres. Vi a favela; vi as mesas com drogas; vi as festas com pessoas drogadas e bêbadas, incapazes de perceber que alguém ao lado estava morto; vi meninas sendo violentadas por homens adultos em troca de maconha e cocaína; vi todos os mortos por overdose; vi todos os mortos por tiros; vi os queimados em pneus por minhas ordens. Revi minha morte naquela casa da favela depois de ter saído da piscina. Achava-me o rei daquela loucura de violência e vício, e ouvi mais uma vez a frase: "É muito dinheiro, muito poder." Olhava na direção daqueles que puxaram o gatilho, mas não via os homens da minha quadrilha, meus "meninos", mas sim os homens do capitão, e tinham ódio nos olhos. A frase que havia motivado meu assassinato, e que havia me motivado a matar o capitão do navio naquela viagem ao Brasil, reverberava em minha consciência. Tudo passava muito rápido por minha cabeça. Revi cada região por onde vaguei durante os séculos, revi os rostos de meus pais em muitas encarnações. Pude finalmente ver toda a malha e os pontos se ligando, como estrelas brilhando no céu. E, quando tudo estava visto, a dor provocada pelo fogo que consumia meu corpo sem o queimar parou. Eu estava fora do poço.

Vi a lâmina do grande machado à minha frente e pude ver meu reflexo. Eu tinha a aparência de quando encarnei na Babilônia. Também estava vestindo um longo manto branco ornado de vermelho e meus olhos eram amarelos como o fogo.

— Sou novamente o mago babilônico?

— Quem quer que você tenha sido em qualquer uma de suas encarnações, não importa mais.

Olhei em direção ao local onde estavam os dois que me guardaram durante toda a jornada. Silenciosamente, eles acenaram com a cabeça para mim. Com uma última baforada no charuto e um último sorriso, aquele que chamavam de Tranca-Ruas abriu um portal de chamas azuis e vermelhas e passou com seu "compadre", Capa Preta. Enfim, agora eu parecia entender seus nomes sagrados. No fundo, sabia que um dia iria revê-los.

Voltei-me mais uma vez àquele que seria meu tutor e mestre naquela caminhada e perguntei:

— E agora, o que devo fazer?

— Você vem comigo para dentro da Fortaleza do Vulcão. Será imantado pelo Trono da Justiça e por seus orixás regentes. Depois disso, terá um longo caminho de aprendizagem e de trabalho pela frente. Antes disso, porém, ajoelhe-se.

Obedeci rapidamente e ajoelhei-me. O machado dele tocou meu ombro e, novamente, as chamas surgiram. O machado parecia feito de fogo, e esse fogo passava para o meu corpo. No entanto, desta vez, eu não sentia dor alguma. Eu estava em chamas e meu corpo pingava labaredas de fogo enquanto eu me levantava e ia na direção de meu mestre. Parei próximo a ele e abaixei a cabeça. As chamas não me assustavam mais, elas faziam parte de mim.

— Estou pronto para começarmos, senhor.

— Então, vamos para a Fortaleza do Vulcão; lá começa sua jornada, exu. Que você honre seu nome sagrado e o elemento natural que o fortalece. Temos muito trabalho pela frente e pouco tempo para aprender, Exu do Fogo.

— Pouco tempo, senhor?

— Sim. Recorda-se da criança morta na Babilônia? Vai reencarnar em breve e você será o guardião dela. Vamos, o vulcão nos espera. O fogo sagrado o aguarda. Laroiê, exu! Salve o Exu do Fogo!

NITERÓI

EPÍLOGO, 2022

Uma nova turma de médiuns passava a se desenvolver em nosso terreiro. Seria mais uma entre tantas giras de desenvolvimento mediúnico que eu já havia conduzido, mas uma grata surpresa me esperava.

Naquele dia, uma jovem médium incorporava pela primeira vez seu exu. Como acontece na maior parte dos casos com médiuns em desenvolvimento, a entidade tem certa dificuldade para estabelecer uma comunicação plena. Porém, meu olhar já reconhecia algo familiar na energia daquele exu. Forte, apesar do corpo físico pequeno e frágil da jovem médium; sério e com um olhar que mostrava que teria muito a dizer no momento certo.

Não costumo pressionar os médiuns a buscar o nome da entidade durante o primeiro contato, prezo pela conexão em si. Portanto, esperei mais algum tempo, mais algumas incorporações, até o dia em que lhe perguntei:

— Eu conheço o senhor, exu?

Ele balançou a cabeça positivamente.

— Como posso chamá-lo, então?

Ele gargalhou e fez um pedido:

— Diga à minha menina que acenda uma vela para mim durante sete dias, toda noite, no mesmo local.

O recado foi dado e as instruções foram seguidas pela jovem médium.

A semana passou e tivemos outro trabalho na casa. Mais uma oportunidade de me dirigir ao exu que, a essa altura, já me causava certa curiosidade por seus modos reservados e por minha constante sensação de familiaridade.

Em sua nova chegada, ainda se adaptando à médium, fiz mais perguntas a ele:

— As velas ficaram de seu agrado, meu compadre?

— Sim, moço. Precisava que ela firmasse o pensamento em mim para que eu pudesse melhorar minha conexão. O senhor sabe do passado e sabe o quanto essa conexão poderia ter sido difícil de aceitar.

— Seria difícil para ela se conectar com o senhor? Não compreendo.

— Seria, moço. Por tudo o que aconteceu, seria. E boa parte dessa história, o senhor conhece bem.

— Sim. Aliás, preciso confirmar com o senhor um sentimento e, para isso, preciso lhe fazer uma pergunta. Mas, antes, o senhor precisa de algum elemento para trabalhar hoje?

— Fogo. Tem uma vela laranja aí?

Prontamente, atendi à solicitação dele e logo aproveitei o momento de maior proximidade energética e de melhor fluidez de fala para confirmar minha intuição.

— Afinal, compadre, como posso chamá-lo?

— No fundo, o senhor sabe, né?

— Sim, creio que sei, mas preciso ouvir da boca do senhor.

— Pode me chamar, então, de Exu do Fogo, moço. Eu lhe agradeço por ter passado minha trajetória para o papel. Mas não nos atenhamos mais ao passado. Estou aqui, sou o Exu do Fogo e, pela Lei Maior, pela Justiça Divina, com a chama de Pai Xangô, sou hoje um purificador e peço licença à sua Esquerda para trabalhar.

— Que assim seja, senhor Exu do Fogo! É uma alegria tê-lo conosco.

• • •

Foi assim que um espírito humano foi das trevas ao fogo divino. Tornou-se um exu do próprio fogo, com a outorga de Xangô, e hoje serve à Umbanda no chão de nosso terreiro, protegendo, guardando, purificando, equilibrando e iluminando os caminhos de quem um dia foi uma criança sacrificada na Babilônia em razão de uma magia negativa, como nos foi mostrado nesta história de evolução e ascensão.

DAS TR

FOGO

VAS AO

DIVINO

Este livro foi composto com a
tipografia Calluna 10,5/15 pt e impresso
sobre papel pólen natural 80 g/m²